真夜中が満ちるまで

シャノン・マッケナ
新井ひろみ 訳

TALL, DARK AND OFF LIMITS
by Shannon McKenna
Translation by Hiromi Arai

mira

TALL, DARK AND OFF LIMITS

by Shannon McKenna

Published by K.K. HarperCollins Japan, 2023

真夜中が満ちるまで

おもな登場人物

エヴァ・マドックス――PR会社の経営者
マルコム――エヴァの伯父
アーネスト――エヴァのアシスタント
クレイグ・レディング――エヴァの元ボーイフレンド
ブルーム兄弟――気鋭の研究者。エヴァの友人
ザック・オースティン――建築事務所の最高セキュリティ責任者
ドリュー――建築事務所のCEO。エヴァの兄
ヴァン――建築事務所の最高財務責任者
ジェンナ――ドリューの妻。エヴァの親友
ソフィー――ヴァンの妻。マルコムの娘

1

「いつからこんなことになっていたんだ！」

　ザック・オースティンの剣幕に気圧《けお》されて、エヴァ・マドックスは思わず椅子の背もたれにぴたりと背中をつけた。

　ちょっと待ってよ。なんなの、いったい。アドバイスが欲しくて彼のオフィスへやってきたのに。求めていたのは、専門家としての見解、打開案、経験談だ。それに加えてもしかしたら、いくらかの慰めと安心感も得られるのでは、と期待する気持ちもあった。

　まったくこんなはずではなかったのだ。いけないことをした子どもみたいに、頭ごなしに叱られるなんて。

「いわゆる〝荒らし〟が初めて現れたのは一年近く前よ」エヴァは落ち着いた口調を崩さなかった。「でも、ひどくなったのはここ数週間の話。イタリアから戻ったあたりから気になりだしたんだけど、最近になって悪質な書き込みが一気に増えたわ。そしてついに昨日、アカウントを乗っ取られた。だからそうね、いつからかと問われれば、ひと月ちょっと前からかな」

ザックは怒気をあらわにした声で言った。「ひと月以上ものあいだ、ぼくに黙っていたのか」

「今こうして話してるでしょ」冷静でいようと思っても、声はつい尖《とが》ってしまう。「最初の頃はどうってことなかったのよ。わたしが投稿した動画やメッセージに、意地の悪いコメントがつく程度。見た目に関することとかセクハラ、あとはほら、女は黙って家事をやってろみたいな。そりゃあ腹は立つけど、そういうのに慣れるのよね、仕事に生きる女たちは。あなたに隠していたわけではまったくない。これぐらいで動じるようじゃまだまだよって、いつも自分に言い聞かせているの。働く女のご多分に漏れず」

「ぼくにひと言も知らせず。正気なのか？」

エヴァは言い返しかけたが、開いた口をすぐに閉じた。そして深く息を吸うと、ゆっくりそれを吐きだしながら心の中で数を数えた。5、4、3、2、1。落ち着け、わたし。

やはりザックに相談しようとしたのは間違いだったのかもしれない。伯父が創業したマドックス・ヒル社は世界屈指の大手建築設計事務所だが、そのセキュリティ部門の最高責任者が今、憤怒《ふんぬ》の形相でいきり立っているのだ。機嫌のいいときでさえ威圧感たっぷりのザック・オースティンが。

　どうしてこんなに激怒するのか、その理由がわからない。ザックがこちらに感情をぶつけることなどこれまで一度もなかったのに。常日頃、彼から伝わってくるものに名前をつけるとするなら、反感を帯びた無関心、だ。昔からそうだったけれど、六年前、ザックの部屋で過ごしたあの夜以来、ますます彼はよそよそしくなった。

あの夜を思い出すだけで、狼狽《ろうばい》のあまり身をよじりたくなる。考えるだけで、居ても立ってもいられなくなる。

　そのザックが、今は目をぎらつかせ拳を握りしめ、顎をぴくつかせて怒り狂っている。無関心とは正反対。恐怖を感じるぐらいだ。

「そもそもは今からおよそ一年前、裏掲示板から始まった」エヴァは低い声で淡々と言った。「むかつく相手を匿名で攻撃したい輩《やから》が集まるサイトがあるの。書き込みを削除してもらうには、運営者にお金を払わないといけない。あんなやつらを儲《もう》けさせるなんて、まっぴらごめんだわ。警察に何度も相談したけど、どうすることもできないと言われた。身体的あるいは金銭的に被害を受けたか、その危機に直面しているとき証明できないかぎりは」

「これでも危機に直面してないと？」ザックは写真に指を突きつけた。エヴァが今朝スマートフォンで撮影したものだ。

〝ヤリマン〟という文字が、自宅ガレージの壁面に真っ赤な塗料ででかでかと書かれている。つまり敵はエヴァの住まいを知っていて、そのことを覚えておけよと暗に言っている。かたときも忘れるなよと。

「これはさすがに捜査してくれるでしょ。だけど今のところは悪質な嫌がらせであって、犯罪ではないわ」

「ただちにサイバーセキュリティチームに連絡を取る。ソフィーもそろそろイタリアから帰ってくるはずだ。この件を最優先にしてもらおう」

「簡単じゃないと思うわ。どんな連中だか知らないけど、敵は手強《てごわ》いわよ。コンピューターに詳しい友だち何人かに見てもらったんだけど、どうやってもIPアドレスは特定できないしメタデータは巧妙に削除されてるんですって」

ザックはむっつりと言った。「それはやってみないとわからない」

「昨日までは、まだ救いはあると思おうとしていたの。ネット上にはこれまでわたしが関わったコンテンツが蓄積されていて、わたしの存在感《プレゼンス》は確立されている、だから荒らしがいくら誹謗《ひぼう》中傷のコメントを投稿しようと、それが検索結果の上位に来ることはない、ってね。ところが昨日アカウントを乗っ取られたとたん、いつも使うソーシャルメディアにその悪口雑言があふれ出た。そして今朝の、これよ。前々から相談に乗ってもらってた警察の人には、防犯カメラを設置したほうがいいと言われたわ。前からそれはつけてあるんだけど、故障していて、直す暇もなくてそのままにしてあった。もちろん、できるだけ早くなんとかするつもりよ」

「まともな防犯カメラがついていない？」ザックは不快そうに顔をしかめた。「冗談じゃないぞ、エヴァ。大至急、誰かをやって修理させよう」

「大丈夫。自分で対処できるわ」

「なんの対処もできずにここまで来たんじゃないか。初めてその手のコメントがついた時点でぼくに知らせてくれればよかったんだ。きみの兄さんと伯父さんが留守のあいだは、このぼくが責任を持ってきみを――」

「やめて」エヴァは大きな声を出した。オフィスの外まで聞こえてしまったかもしれない。「責任なんて持ってくれなくて結構よ、ザック。わたしは大人だし、自力で会社を経営してる。警察には相談ずみ。差し迫った危険はなさそうだけれども用心するようにと言われて、それに従おうとしている。ここへ来たのは、いちおうあなたの耳にも入れておいたほうがいいだろうと思ったからよ。情報共有のため。それは兄や伯父の意向でもあるはずだから」

ザックは再度、エヴァのタブレットをフリックして写真とスクリーンショットを一枚一枚見ていった。「警察にはこれを全部見せたんだな」

「もちろん。最初のからすべて記録してあるわ」

「まったくひどいもんだ」ザックはつぶやいた。「〝ビッチと詐欺師ども〟〝クソ女レポート〟——こんなおぞましい掲示板が野放しになっているとはな。言いたい放題じゃないか。ファクトチェックもなにも、あったもんじゃない」

「本当にどうしようもない。管理者にメールしてもなしのつぶて。悪夢でしかないわ」

ザックの手が一箇所で止まった。〝彼女はドブス〟と題された書き込みであることは、離れたところにいるエヴァにもわかった。ぼさぼさ髪に地味な黒縁眼鏡をかけたエヴァが、大口を開けて何か叫んでいる写真が投稿されている。見目麗しいとは言いがたい姿に重ねられた文字は〝詐欺師。嘘つき。ドブス〟だ。

写真の下にはこんなキャプションがついている。〝ドラッグとセックスに溺れていながら、まっとうな社会人のふり。自称PRのエキスパート。だまされてはいけない。この女はクズ。くれぐれもご用心あれ〟ご丁寧に、ブレイズンPR&ブランディング社の入るギルクリスト・ハウスの所在地と連絡先まで記されている。

あれやこれやで徐々に大きくなってきたエヴァの不安は、今や成層圏にまで届きそうなぐらい膨れあがっていた。精神的な支えを求めて、いつもなら兄のドリューか親友ジェンナに電話をするところだが、現在この二人は幸せいっぱいのハネムーン中だ。この際、気むずかし屋のマルコム伯父でもかまわないから頼りたいけれど、あいにく彼も今はイタリアにいる。実の娘とわかって間もないソフィー・ヴァレンテとの仲を深めている真っ最中だ。親子の絆《きずな》を確かめ合っているところに水を差すような真似《まね》はしたくない。エヴァ自身、ソフィーの人となりを見極めたくて伯父のイタリア行きに同行したのだが、果たして彼女はすばらしい女性だった。強くて優しくて、楽しくて賢い。最高のいとこだ。彼らが親子水入らずの時間を持てて本当によかった。

とはいえ、こんな問題が起きているときに一人ぼっちというのは実にいやなものだった。戸締まりをした自宅にいてさえ、そわそわと後ろを振り返ったりして、かたときも神経が休まらない。心細くてたまらない。

それで今、セキュリティの専門家であるザックと向かい合っているわけだが、彼の表情を見ているうちに、打ち明けたのは間違いだったかもしれないと思えてきた。懸念していたのは、まともに取り合ってもらえないことだった。彼の気を引くため大げさに訴えていると思われること。まさか自分のほうが、いきり立つ彼をなだめる側に回るなんて、まったくの想定外だった。

「腹が立つなんてものじゃない。殺してやりたいぐらいだ」

「あの……心配してくれるのはありがたいけど」エヴァは慎重に言葉を選んだ。「それはやめてね。これ以上のトラブルはごめんだから」

ザックは荒々しく唸《うな》って立ち上がると窓辺へ行き、眼下に広がるシアトルの夜景を眺めはじめた。いつ見ても彼の後ろ姿には目を奪われてしまう。白いシャツがぴったりフィットした広くたくましい背中。すばらしく長い脚。スラックス越しにも筋肉を感じさせる引き締まったヒップ。なんて素敵なんだろう。

そこまで考えたところで、エヴァは自分で自分に腹を立てた。よそよそしくあしらわれても、灰色の目で冷ややかに一瞥《いちべつ》されても、それでもザックのことをとびきりセクシーだといつも感じてしまうのだ。そんな自分自身が忌ま忌ましかった。

イラクで戦った元海兵隊員らしく、ザックの髪は軍人なみに短い。彼と、エヴァの兄でありこの会社の最高経営責任者《CEO》でもあるドリュー・マドックス、そして最高財務責任者《CFO》のヴァン・アコスタ。除隊後、共に世界征服に——いい意味で——乗りだしたやり手トリオだ。ドリューとヴァンは髪を民間人の長さに戻したけれど、ザックはそうしなかった。彼は今もってタフでセクシーな軍人のオーラをまとっており、それがエヴァにはたまらなく魅力的に映るのだった。密生しながら、うなじや耳に近づくにつれ地肌に溶け込むように淡く煙《けぶ》る金茶色の髪。触れたらどんな感じがするだろうかと、たくましい首の後ろを見るたび思う。

たぶん、ザラッとしていて、柔らかい。相反する手触りが、きっと絶妙に両立しているのだ。

一方エヴァのほうは、ザックを惹きつけることに関してなんの進歩もないまま今に至っていた。それがますます、彼への想《おも》いを強くさせているのかもしれないと思う。

六年前のあの夜は、どうかしていたのだ。いきなりザックの部屋を訪ねていったなんて、自分でもいまだに信じられずにいる。彼がマルガリータを作ってくれて、エヴァはそれをがぶ飲みした。飲みまくって酔っ払って、彼の胸に飛び込んだ。そしてキスをしようとした。

エヴァが覚えているのはそこまでだった。翌朝、目覚めると彼のベッドにいた。服を着たまま、体には毛布がかけられていた。頭が割れるように痛かった。カウンターのコーヒーメーカーにいれたてのコーヒーが入っていて、その隣には鎮痛剤のボトルがあった。ザックは出かけたあとだった。言葉もメモも、電話もなかった。エヴァはただただ途方に暮れた。

以来、ザックがあの出来事に触れることはなく、エヴァのほうから真相を尋ねる勇気も出ないまま、六年がたった。だから、あの夜何が起きたのか、本当のところはいまだに不明なのだった。

彼が冷たいのも当然だとエヴァは思っていた。わたしのことを苦々しく思っているに違いないのだ、と。

こちらだってザックなんてタイプじゃない。そう思い込もうとして、もう何年になるだろう。愛してなどいないし、外見だって好みではないはずだ。体が大きすぎるし、顔立ちはいかつい。顎は角張っているし。それから、あの声。ちょっとしゃがれたあの声で、吠《ほ》えるみたいに部下に指示を出す。淡いグレーの目は鋭くて、しばしば疑い深そうに細められるのだ。少なくとも、エヴァが近くにいるときは。そして口はむっつりと閉じられている。笑顔を見たことがないわけじゃない。ただ自分に向けられていなかったというだけで、それはとても素敵な笑顔ではあった。

けれどやはり、わずかに曲がった鷲鼻《わしばな》や、濃い眉の片方に斜めに走る傷跡のせいもあり、ザックという人はM4カービン銃をかついだ完全装備の兵士を思わせる。オーダーメイドのスーツに身を包んでいてさえ、戦闘態勢にある戦士の迫力をみなぎらせている。

マドックス・ヒル社のためにエヴァがしているソーシャルメディア・マネージメントという仕事を、気楽な暇つぶしとザックが決めつけているのは明らかだった。伯父が会社の創業者、兄はＣＥＯなのだから、エヴァは身びいきされて当然というわけだ。ＰＲコンサルタントの肩書きを持つエヴァに社の仕事を依頼するのは、お金持ちのお嬢ちゃんに玩具《おもちゃ》を与えるのと同じ話で、世間の荒波から彼女を守るため。それがザックの認識なのだった。

エヴァは、ザックと接するときに使うマントラをまた心の中で唱えはじめた。

〝はい、あとについて繰り返して。あなたはこの人に、自分の能力を証明してみせる必要はない。必要はない〟

そう、プロとしてのエヴァの仕事ぶりなどザック・オースティンの知ったことではないのだ。逆に言えば、失敗したって無関心だろう。

「警察の担当者の名前は？」問いただすザックの語気は荒かった。

「リーランド・マッケンジー。だけどあなたに関わってもらわなくても結構よ。警察とのやりとりぐらい自分でできるわ」

ザックがくるりとこちらを向いた。「いや、関わりたい。そして、もしこれ以上エスカレートするようなら、ありとあらゆる手を総動員してゲス野郎をつかまえてやる」

その剣幕に、エヴァはあらためて驚かされた。「ねえ、落ち着いて。そこまでのことじゃないから」

「そいつは昨夜、きみが眠っているとき家のすぐ外にいたんだ。そいつときみを隔てるものはドア一枚だった。ちなみにドアのロックの形状は？　いくつ、ついている？」

「ひとつだけよ。どんなって訊《き》かれても、とっさには思い出せないけど、大きくてしっかりしてるのは確か」エヴァは力を込めて言った。「帰ったら写真を撮って送るわ」

「今日は帰るな」ザックが命じた。「一人じゃだめだ。論外だ。こいつがのさばっているかぎり、きみの単独行動はありえない」

エヴァは両手を上げた。「ほらザック、深呼吸して」

「ぼくをからかうのはやめろ。それがきみの十八番なのはわかってるが、今日はやめてくれ」

エヴァは思わず立ち上がった。「わたしの十八番？　いったいどこからそんな言葉が出てくるの？　いつわたしがあなたをからかったりした？」

「すまない。今のは撤回する。しかし、深刻な事態であることは確かだ。きみ一人だけじゃ――」

「わかってる！　でも、興奮してわけのわからないことを口走るあなたを見てるよりは、一人で対処するほうがずっとまし。これで失礼するわ、ザック」

ザックがエヴァとドアのあいだに入り込み、行く手をさえぎった。「待て」

「いやよ」エヴァは顎を持ち上げるようにして彼を睨《にら》みつけた。まったく、この人の背の高さときたら。「わたしの邪魔をしないで。わたしもあなたの邪魔はしないわ。早くどいて。お願いだから、通して」

「エヴァ」ややトーンを落として彼は言った。「断る」

深みのある低い声で名を呼ばれると胸が震えた。それがまた腹立たしかった。

「決めるのはあなたじゃない」エヴァはぴしゃりと言った。「大きな声を出させないで。二人一緒に恥をかくことになるわよ」目に精いっぱいの力を込めて彼を見すえる。「本当よ。どいてくれないと大声で叫ぶから」

ザックは動かなかった。「さっきの言い方はなかったな。フェアじゃなかった」

エヴァは乾いた笑い声をたてた。「何よ、今さら」

「悪かった。謝るよ」ぶっきらぼうな口調だった。「とにかく……むかついてしかたないんだ、そいつのことが」

エヴァはごくりと唾をのんで、認めた。「それは、わたしだって」

「頼む、座ってくれ。お願いだ。お互い、落ち着いて話し合おう」

お尻が椅子の座面にのってからエヴァは気づいた。ザックの持つ魔法のような力とカリスマ性のせいで、まんまと座らされてしまった。

エヴァは左右の肘掛けをつかんだ。「本当に、もういいから」

「わかってくれ。このままにしておくわけにはいかないんだ」ザックは首を振った。「確かに、きみの選択や行動に口出しする権利はぼくにはない。だがマドックス・ヒルの最高セキュリティ責任者は、きみの身の安全についても重大な責任を負っているんだ」

彼はまた魔法をかけようとしている。あのまっすぐなまなざし。これだけ近いと、髭《ひげ》の剃《そ》り跡まではっきり見える。角張った顎に触れて指先でなぞれば、目の細かいサンドペーパーみたいな手触りがすることだろう。肌はしなやかで熱くて……いけない、何を考えているの? 今すぐやめなければ。

「ザック、今日はいろいろあったから疲れてるの。だから、はっきりして。あなたはわたしに謝ろうとしているの? それとも従わせようとしている? あなた自身、迷ってるみたいだから訊くんだけど」

奇跡が起きた。エヴァのこの言葉にザックが笑ったのだ。一瞬の出来事だったが、確かにエヴァは見た。口の両側にくっきりとえくぼのできる素敵な笑顔を。

「謝ってるんだ」ザックは言った。「従わせようともしている。敬意を持って」

エヴァは鼻を鳴らした。「敬意を持って従わせるなんてことが可能だったとは知らなかったわ。普通は頭ごなしに命令するものでしょ。わたしはそうされたい気分じゃないの。気づいてないかもしれないから言っておくけど」

ザックがしげしげとエヴァを見た。目の前にいる相手を扱うにはどんな手がいちばんいいか、考えを巡らせているかのようだ。

エヴァの心臓が激しく高鳴りだした。彼がにっこり笑ったから。急にこちらに強い関心を示しだしたから。これではまるで、彼にかまってもらいたいだけのおばかさんみたいだ。もともと彼が見なしていたとおりの。

落ち着きなさい、エヴァ。しっかりしなきゃ。

ありったけの度胸をかき集めて冷ややかな微笑を浮かべると、エヴァはさっとタブレットを奪い返した。「自分で対処するわ。お世話さま」ファイルを閉じてタブレットをブリーフケースにしまい、立ち上がる。「部下を相手に好きなだけ命令を下して。では、わたしはこれで」

ザックが腕時計を見た。「八時四十分だ。まだ何か予定があるのか？」

エヴァは肩をすくめた。「それはわたし以外、誰にも関係ないことでしょ」

「きみは不本意だろうが、それは今やぼくにも関係のあることになったんだ。そしてきみの今夜の予定はたった今、変わった」

エヴァは目をぱちくりさせた。「まあ。教えてくれてありがとう」

当てこすりをザックは聞き流した。「今夜はぼくたち二人で、きみの生活をつぶさに検証するんだ。きみに反感を抱きうる人物を知りたい。不満を持つ従業員、仕事上の競争相手、別れた恋人、その元彼の現在の恋人、きみに告白して振られた男――きりがないぞ。きみを恨んでいる可能性が少しでもある人間を一人残らず洗いだす。今夜どんな予定が入っているのか知らないが、キャンセルだ。これが解決するまでは、ぼくの目の届かないところへは行かせない」

エヴァは唖然《あぜん》とした。「なんですって？」

「言ったとおりだ」冷たくぎらつく瞳は、鋼のナイフの切っ先のよう。

エヴァは息をしようとしたが、空気が入ってこなかった。ザック・オースティンがこんなにも執拗《しつよう》かつ頑固になるとは、まったくもって予想外だった。

「つまり、こういうことかしら」エヴァはどうにか口を開いた。「あなたは、わたしに反感を抱いているかもしれない人物の全リストが欲しい。今日中に。だとしたら、無理よ」

「そこまで敵が多いのか？」

「ええ。ブレイズンの業務は多岐にわたっていて、中には物議を醸すプロジェクトもあるの。ネットを騒がせるのが狙いの場合、たいていは成功するわ。人の感情に訴えかけるのはわたしの得意とするところだから。何かを大きく変えようとすると、反発する人が一定数出てくるのは、残念だけど自然の法則。変えようとしているのが女の場合、特にね」

ザックは不思議そうな表情を浮かべた。「何を変えるんだ？　マドックス・ヒルの検索《S》エンジン《E》最適化《O》を推進し、ソーシャルメディア・プラットフォームにおけるわが社への注目度を高めるのがきみの仕事だろう。それの何が物議を醸すんだ？」

ああ、やっぱり。この人はなんにもわかってはいなかった。

「マドックス・ヒルのためにやってることは、わたしの仕事というパイの、小さなひと切れでしかないのよ、ザック」辛抱強く説明する。「わたしはコンサルタントなの。ブレイズンはたくさんの様々なクライアントを抱えている。マドックス・ヒルはその中のひとつというだけ」

「そうだったのか」彼は言った。「知らなかった」

「人間、毎日、何かしら新たな学びがあるものよ――その気になればね」

二人の視線がぶつかり合った。どちらも無言の数秒間、エヴァは目をそらさず耐えた。

「その気になったよ」ザックはデスクの向こうに腰を下ろすと腕を組み、こちらへ身を乗りだした。「パイの残りについて話してくれ。ひと切れひと切れ、すべてだ。思い出せるかぎりの過去にさかのぼって、そこから現在に至るまで」

「わたしたち、明日の朝までここにいることになるわよ。その時点でも、まだほんの入り口でしょうね」警告する口調になった。「ブレイズンはブランディングとマーケティングを専門とするPR会社で、手がけるプロジェクトの形は千差万別。売り込むのも、物だったりサービスだったり。ターゲットしだいでその方法もプラットフォームも様々だし。展示会のブースのデザインなんかもするわ。何年か前に請け負った仕事がきっかけだったんだけど、そのときに現場でブースを製作した人たちと今も協力関係が続いてる。だけどわたしがいちばん好きなのは、プロモーションビデオの制作。本当に楽しくて、できることならこれに専念したいぐらいよ」

「ビデオ？　ジェンナのアームズ・リーチのためにつくったみたいな？」

エヴァの親友であり、今は義理の姉でもあるジェンナは、最先端テクノロジーを搭載した義手をつくっているエンジニアだ。彼女の力になりたくて、エヴァが会社プロモーションビデオの制作を請け負ったのだった。

「ええ、そう。最近のプロモーションビデオは、ドキュメンタリー映画に近くなってきてるの。わたしがそっちに専念できるよう、スタッフを増やすことも考えてる。今回の問題が片付いたらよ、もちろん」

「ビデオの仕事はどれぐらいやったんだ？」

数えかけて、エヴァは肩をすくめた。「さあ。ここ一年で少なくとも六、七本。さらに三年さかのぼるなら、十五本ぐらいかな」

ザックは指でコツコツ机を叩《たた》きながら、何か考えているようだった。「お互い、夕食はとらなきゃならない」やがて彼はそう言った。「デリバリーを頼もうか？　それとも外へ食べに行くか？」

エヴァは不意に、胸に長らく憂いがわだかまっていたことに気づいた。日中、何をしていても、頭の隅には荒らしのことがあった。ネット上で自分に向けられる悪意、非難、恫《どう》喝《かつ》……それらが冷たい重しとなって気持ちを滅入《めい》らせていた。

ところがこの部屋を訪れてからは、重しの存在を忘れていた。ただの一度もあの重苦しさを感じなかった。もちろん、ほかの感覚はきちんとある。

そして、胸がざわつくこの危うい感じを、むしろ自分は楽しんでいるのだった。でもだからといって、暗くて静まり返ったマドックス・ヒル社屋の一室で、ザック・オースティンとひと晩過ごす度胸があるわけではない。

エヴァは言った。「出ましょう。店でも話はできるもの」

「いいだろう。希望は？　イタリアン、ステーキ、バーベキュー、スシ、無国籍料理、どれにする？」

「どれでも。任せるわ」

ザックは内線電話のボタンを押した。「アメリア？　まだいるかい？」

「帰り支度をしていたところです」スピーカー越しに秘書が答えた。

「帰る前に、ディナーの予約を入れてもらえるかな？　二名だ。このあとすぐ、どこか近場で。静かな店がいい。できればボックス席。こっちはすぐにでも出られる」

「承知しました。あたってみます」

「ありがとう」ザックは受話器を置くと、エヴァに目を戻した。「というわけだ。電話しないのか？」

「どこに？」

ザックの眉根が寄った。「今夜の予定をキャンセルしないと」

エヴァはもう少しで笑ってしまうところだった。今夜の予定といえば、ギルクリスト・ハウスにあるブレイズンのオフィスへ戻って展示会用の書類仕事の残りを片付け、終わったら車を呼んで家へ帰る、それだけだった。それからたぶん、ヨーグルトとフルーツを少しだけ食べる。そして、眠りにつこうと少なくとも試みはするだろう。試みが成功することはほとんどないのに、今夜はもしかしたらと、性懲りもなく望みを抱いてしまうのが毎晩のことだった。

ところがザックは、エヴァはきらめくドレスをまとって誰かとクラブへ繰りだすものと思い込んでいる。

そう思わせたままでもいいのだが、嘘をつく気力もなかった。

「予定は何もないわ」

ザックは目を一瞬細めてから、言った。「よかった」

ぶっきらぼうでありながら満足そうなひと言だった。体にそっと触れる指先のようなひと言。体の中で無数の小さな花火が上がった。不安も反発心も影をひそめ、期待とも予感ともつかない興奮に胸が高鳴る。

だめだめ、これは単に体が反応しているだけ。脳内麻薬《エンドルフイン》が暴れているだけ。危ない、危ない。こんな調子だと、結局は打ちのめされて終わるに決まっている。

でも、ここまで頑《かたく》なになっているザックをはねつけるのは無理。だったら、別にかまわないのでは？

何をしようが何を感じようが、なりゆき任せで。

2

「ワインはいらない」ザックはウェイターにそう告げてから、ひどくぶっきらぼうな言い方だったと気づいたが、遅かった。「ぼくはってことだ、もちろん」エヴァに向かって言う。「そっちは気兼ねなく飲んでくれ。ぼくは仕事中は飲まないと決めている」

「偉いわね」エヴァは言い、ウェイターを見上げてにっこり笑った。シャツの名札によれば名前はマーティンだ。「わたしは赤ワインをグラスでいただくわ」

「二〇一六年のロマネ・コンティを開けたところです。こちら、当たり年ですよ」マーティンが答える。

「あら、素敵。楽しみだわ」

男たちをひざまずかせるあの笑顔。エヴァのトレードマークだ。

マーティンがあたふたと戻っていく。あれではおそらく壁だのテーブルだのにぶつかるだろう。

ザックは固く口を閉ざして座っていた。エヴァ・マドックスといると、つい余計なことを口走ってしまうのだ。そして、その後始末に苦労する羽目になる。彼女はあの目でじっとこちらを見ている。どんなときにも何ひとつ見逃さない大きな青い目が、今はザックを見つめている。

照明の抑えられた静かな店だった。その奥まった一画、木製パネルで仕切られた席に二人はいて、頭を働かせるという、困難な課題にザックは直面していた。揺れるキャンドルの灯《あか》りに浮かぶ彼女の美しさに、ただ見とれていてはいけないのだった。

エヴァは辛抱強く待っている。自分と目を合わせた男がたちまち思考力を失うのはいつものこと、口ごもる間抜けに気を取り直す猶予を与えるのも慣れっこだ、とでもいうように。

エヴァのスマートフォンが鳴りだした。発信元を確認した彼女はすまなさそうにザックを見た。「出なきゃだめな電話だわ。でも、すぐ終わるから」画面をタップして耳に当てる。「アーネスト？　折り返してくれたのね、ありがとう。まだオフィスにいる？……そうなの？　悪いんだけど、帰りがけにマシソン・パブ&グリルに寄ってもらえない？……うん、パソコンが必要なの。大学のロゴ入りケースに入ったピンク色の。今、オンライン・ハラスメントの件でマドックス・ヒルの最高セキュリティ責任者《CSO》と会ってて……ええ、わかってる……そうね。ありがとう、恩に着るわ。それじゃ、またあとで」

エヴァはスマートフォンを置いた。「わたしのアシスタント。パソコンをここへ持ってきてくれるって。だから、ブレイズンがここ数年のあいだに手がけたプロジェクトの全リスト、見てもらえるわ」

「自分のパソコンを持ち歩いていないとは驚きだな」

「普段は持ち歩いてるわよ。でも今夜はギルクリスト・ハウスへ戻って仕事の続きをするつもりだったから。この週末は忙しいの。明日はアーネストと一緒にロサンゼルスへ飛ぶわ。フューチャー・イノベーションという展示会があるのよ。大規模で、すごく重要な展示会」

ザックは顔をしかめずにいられなかった。「ロサンゼルスへ飛ぶ？　こんな時間にひとけのないオフィスへ戻る？　そして一人で帰宅するって？　こんな事態が起きているんだぞ？」

エヴァはため息をついた。「あのね、ザック。ギルクリスト・ハウスには二十四時間ドアマンが常駐しているの。帰るときには車を呼んで、自宅の真ん前で降りる。わたしだってばかじゃないわ」

「きみがばかだなんて、ぼくは一度も言ってない」

「身体的に危害を加えられる心配はないわ」エヴァは力説した。「わかってよ。これはいわゆる新しい生活様式《ニューノーマル》で、エレクトロニクス時代におけるマナー違反。醜悪でとてもうっとうしいことではあるけど、慣れなくちゃいけない。うまくあしらいながらやっていくしかないのよ」

「冗談じゃない。ニューノーマルなんぞくそ食らえだ。いいか、ゲス野郎の正体を突き止めてぶちのめす、それが普通《ノーマル》だ」

エヴァが、また目を細くして不審げにこちらを見つめだした。どんなときに彼女がこの顔になるか、ザックはもうわかっていた。自分はまたもやプロフェッショナルらしからぬ態度を取ってしまっているのだ。必死になりすぎている。個人的な感情を込めすぎている。言い換えれば、彼女を当惑させているのだった。

「驚いた」エヴァはつぶやいた。「意外だわ。あなたがそんなふうになるなんて」

「なぜだ？　これは非常事態じゃないか。ぼくが騒ぐのがそんなにおかしいか？」

エヴァの視線が、すっとそれた。「どうかしら。ただ、わたしの話をあなたが真剣に受け止めてくれることって、これまでなかったから。どうして急に熱心になったのかと思って」

「そんなふうに感じさせていたのなら、申し訳なかった」ザックは堅苦しく言った。「そんなつもりはなかったんだが」

「いいの、いいの」エヴァは軽い口調で言った。「慣れてるから。わたしはどうも人に煩《うるさ》がられるタイプみたい。兄さんにいつも叱られるの、トーンダウンしろ、落ち着け、って。それで気をつけるんだけど、でも、だめ。すぐに地金が出ちゃうのよね」

「ドリューは間違ってる」ザックは語気を強めた。

「何が？　ごめんなさい、意味がわからないんだけど」

「きみを叱るのは間違いだと言ってるんだ。トーンダウンしろ？　何様のつもりだ」

エヴァは目を丸くした。「あの……かなり苛《いら》ついてる？　本当にわたし、あなたがそんなふうになるとは思ってなくて」

「ああ、苛ついてるよ。頭に来てる。荒らし野郎にな。そいつはきみに視線を向ける資格さえないクズだ。ましてやきみに対して汚らわしい妄想を抱くなんて論外だ。レディがそんな扱いを受けていいわけがない」

エヴァは小さく笑った。「わたしがレディ？　そう言ってもらえるのは嬉《うれ》しいけど、マルコム伯父さまは声を大にして異を唱えると思うわよ」

「マルコムには言いたいことを言わせておけばいいんだ」ザックは引き下がらなかった。

「ぼくの母がよく言っていた。言葉遣いとか着ているものとか社会的地位は関係ない、人が敬意を払わずにいられない女性はみんなレディだ、ってね。そのとおりだとぼくも思う。だからきみはレディだ、間違いなく」

　エヴァが黙り込んだ。珍しいこともあるものだ。さっと横を向いてしまったので顔は髪に隠れて見えない。彼女がバッグからティッシュを引っ張りだしてようやく、泣いているのだとわかった。

　ザックは慌てて尋ねた。「どうした？　ぼくのせいか？」

「ええ、そうよ」鼻をかんでエヴァは言った。「あなたがそんなこと言うから。今のわたしには何より嬉しい言葉だったわ。誹謗《ひぼう》中傷の嵐の真《ま》っ只中《ただなか》にいるんだもの。ありがとう、ザック」

「いや、別に、礼を言われるようなことはしてないが」困惑しきったザックはそんな返事をした。「本当に大丈夫か？」

　エヴァは髪を後ろへ払うと、ザックを安心させるかのように笑った。漆黒の長いまつげは涙で濡《ぬ》れ、目のまわりにマスカラが滲《にじ》んでいる。

「荒らしにどんなにびくびくしているか、あえて考えないようにしていたの」エヴァは下まぶたを拭った。「考えだすと、愚かな人たちに自分という人間が汚された気がしてくるから。でも、あなたがすごくいいことを言ってくれた。おかげで汚れが取れたみたい」

怪我《けが》の功名とはこのことだとザックは思った。自分が口にした言葉が、彼女みたいに洗練された才色兼備の女性をいい気分にさせるとは。慣れない経験だが、この流れに乗ろう。

エヴァは続けた。「いちいち動じてちゃいけないんだけどね。こんなのは仕事のうちなんだから」

「オンライン・ハラスメントを受けることが?」

「ざっくり言えば、敵をつくることが、よ。人と違うことをやろうとすると、それは避けられない。敵対する人間が必ず多少は出てくるのよ。でもわたしは人に好かれたい。誰とでも仲良くしたい。だから打たれ強い人間であろうと努力してるんだけど……今回ばかりはまいったわ」

「ということは、これまでにもあったのか?」あらためて背筋が凍った。

エヴァは微笑《ほほえ》み、ティッシュをあてがったまま鼻をすすった。「スケールはずっと小さかったわ。ここまでひどいのは一度もなかった。生まれて初めてネットで中傷されたのは四年前、コルビー・ホイトの件で動いていたときだった」

「どこかで聞いた名前だな」

「いっときメディアを賑《にぎ》わせたから。コルビーは階段から落ちて背骨を折ったんだけど、恋人のジュディ・ウェランに突き落とされたと主張した。結局ジュディは暴行罪で服役して、真相は藪《やぶ》の中。だって彼女、コルビーから受けた暴力のせいで脳にダメージを負っていて、当時の記憶が定かじゃないのよ。でもジュディについた公選弁護人は、コルビー側の弁護団に太刀打ちできなかった。ジュディの友だちの一人が大学時代、寮でわたしと一緒だったの。それで、事件のことを広めるのを手伝ってくれないかって頼まれて。ネットで拡散したら世間の関心が一気に高まって、再審が認められたわ。長くなるから端折《はしょ》るけど、ジュディは自由の身になり、コルビーは十五年以上二十年以下の禁固刑に処された。で、匿名掲示板の怒れる住人たちは、コルビーが不当な扱いを受けたと考えた。そしてその考えをわたしに知らしめようとしたの。とても強い言葉を使って」

「思い出したぞ。ホイト。薄気味悪いやつだった。白い眉毛とまつげで」

「そう、その男。わたしのサイトのコメント欄が初めて荒れたのはあのときだった。そして一年くらい前、コルビーの仮釈放が審理されることになったんだけど、ジュディの友人や支援者にしてみたらとんでもない話でしょう？　だからまたネットを使って世論に訴えたら、仮釈放は却下された。裏掲示板にわたしへの誹謗中傷が盛んに書き込まれるようになったのは、その頃よ。何か関係があるのかも」

「それも調べてみよう」ザックがそう言ったところへ、マーティンがふたたび現れた。

エヴァの胸のあたりをちらちら見ながら皿を置くと、マーティンは最大ワット数の笑顔で彼女に言った。「こちらは本日の前菜の盛り合わせでございます。アスパラガスのベーコン巻きビール衣揚げ、三種のチーズを詰めたポートベロ・マッシュルーム、セージとカボチャの炒《いた》め揚げダンプリングとなっております」

魅惑的なフィンガーフードが配された皿を、エヴァは驚きの表情で見つめた。「すごく素敵。でも、ほかのお客さんが注文したものだと思うわ。わたしたちは頼んで――」

「当店からのサービスです」マーティンは言った。「どうぞお試しください」

「あら、ありがとう」エヴァはにっこり微笑んだ。「嬉しいわ。とっても美味《おい》しそう」

ザックは、立ち去るマーティンを睨《にら》みつけた。「こういうことはよくあるのか？」

「空から降ってくるみたいに、食べものがただで手に入ることがよくあるのかって？」エヴァは澄ました顔で肩をすくめると、カボチャ団子をぽいと口に入れた。「ええ、ときどき降ってくるわ。これ、美味しい。あなたもひとつ食べて。わたしが全部平らげちゃわないうちに」

思わずザックが唸《うな》るような声を漏らすと、エヴァは笑った。ナプキンで口もとは隠れているが、確かに笑った。彼女はこちらを見て、喜劇でも見ているみたいに面白がっている。

油断は禁物だとザックは思った。自分は何年も前からこの綱渡りをやってきた。エヴァが、ほんの子どもだった頃からだ。あの頃、パーティーやバーベキューの会場には、必ず親友の妹である彼女の姿があった。場の関心を一身に集める金髪のお姫様の姿が。

ザックにとって、エヴァは自分と別の種類の生き物のように感じられるのだ。向こうは裕福な生まれで、こちらは庶民。それだけではない。ディズニーの古いアニメーションではないが、彼女の洗礼式には妖精が大挙してやってきて、山のような贈り物をしたに違いないのだ。彼女は聡明《そうめい》で上品で才能がある。話し上手でウィットに富んでいる。とびきりスタイルがいい。きらきら輝いている。何しろ、頼まなくてもウェイターがアスパラガスのベーコン巻きを持ってくるのだから。

そしてエヴァは、誰よりも美しい。ふと気づいたら、ぽかんと口を開けて彼女に見とれていたことも一度や二度ではなかった。高価なスーツを着込んで偉そうな肩書きを持ってはいても、中身はウェスト・ヴァージニアの農家の息子のままではないかと、自嘲せずにいられなかった。そういうときには自分の鼻のつくりまで気になってくる。大きいうえに、酒場の喧嘩《けんか》が原因で曲がっている。眉にはナイフで切られた傷の跡がある。やんちゃをしていた頃の名残だ。もちろんイラクで負った傷は数えきれない。ドリューだって負傷しているのだから、エヴァが傷のせいで偏見を持ったりしないのはわかっている。だが、それもまた、エヴァと自分を隔てる要素のひとつだった。二人の世界ははるかに遠い場所にあるのだ。

さらに、自分といるときのエヴァは、どこか身構えているようなところがある。おそらく六年前の出来事のせいだろう。あの夜エヴァはザックの部屋でひどく酔っ払い、泣き疲れた挙げ句、ザックの腕の中で眠ってしまったのだった。

ひたすら彼女の寝顔を見つめて過ごした数時間。ザックは今もそれを思い起こしては、考えを巡らせることがよくあった。

たぶんエヴァはばつが悪いのだ。あるいは、判断を誤った自身に腹を立てているのかもしれない。

いずれにしてもザックは、エヴァの内面から離れた事柄に意識を集中させる必要があった。鞄《かばん》から手帳を取りだす。「リストアップを始めよう。これまでのきみの――」

「エヴァ！　こんな奥にいたんだね！」

ホワイトブロンドの、痩せこけた若者が現れた。まん丸の眼鏡がフクロウのようでもあり、スチームパンクっぽい雰囲気を醸しだしてもいる。アシスタントのアーネストだろう。

アーネストは、モザイク写真に覆われたシャイニーピンクのノートパソコンをテーブルに置くと、前菜の上に身を乗りだすようにして鼻をクンクンさせた。「ひゃあ、うまそう！」

「つまんでいいわよ」エヴァがうなずいた。「ほんとに美味しいから」

アスパラガスを口に放り込んだアーネストは、もぐもぐと咀嚼《そしゃく》しながら、感に堪えないといった面持ちでため息をついた。「うわ、ひと皿全部食べたくなるな。ほっぺが落ちそうだ」

「注文しなさいよ。わたしのカードにつけていいから。お使いしてもらったお礼」

「やった！　いただきます！」アーネストはカボチャ団子にも手を伸ばした。「もう最高。ところで明日は六時半に迎えに行けばいいよね？」ザックのほうを向いて説明する。「空港に行くんですよ。ロサンゼルスでフューチャー・イノベーションって展示会が開かれるんで。ブルーム兄弟が大賞にノミネートされてるんです。研究テーマは土壌砂漠化防止のための微生物移植。賞金はなんと五十万ドル。獲《と》れたら最高なんだけど」

「七時にしましょう」エヴァが言った。

「だめだ」ザックはアーネストのほうを向いた。「迎えはいらない。ぼくが彼女を連れていくから、空港で落ち合おう」

エヴァが当惑の表情を浮かべた。「なんですって？」

「今夜はきみ一人で家にいてはいけない。危険すぎる」

「おっと」アーネストの目に好奇の色が浮かんだ。「じゃあ、エヴァは今夜、どこで寝るの？」

ザックは答えた。「それはこれから考える」

「わたしが考えるわ」エヴァがきっぱり言った。「たしかわたしは、自分のことは自分で決められる大人だったはずよね」

「いいぞ、エヴァ！　その調子！」アーネストの視線が二人のあいだを忙《せわ》しなく行き来する。

エヴァが苛立たしげに息を吐き、手でアシスタントを追い払うしぐさをした。「いいから料理を注文してらっしゃい、アーネスト。明日の朝、電話するわ。そのときに状況を知らせる」

「了解」

しかしアーネストは、何か期待しているのか動こうとしなかった。

その目の輝きがザックは気に食わなかった。これはおまえを楽しませるためのケージファイトじゃないんだぞ。

「お疲れさん」ザックは冷たいひと言を放った。

アーネストはがっかりした顔になった。「それじゃ、また明日」エヴァのほうを向き、眉をぴくぴく動かす。「楽しい夜を」

彼が行ってしまうとエヴァはこめかみを揉《も》んだ。「まったく」苦々しげにつぶやく。「余計なことを言ってくれたわね、ザック」

「いつもどおりの行動しても大丈夫だと、まだ思っているのか？　遅くまで仕事して夜中に帰宅して、一人で寝て、飛行機で国中を飛び回って――」

「それがわたしの仕事なの！」エヴァは猛然と言い返した。「変態荒らし野郎に調子を狂わせられたりなんかしない。ついでに言わせてもらえば、あなたにもそうさせるつもりはありませんから！」

「つまりぼくは、変態荒らし野郎と同類ってわけだ」

エヴァは呆《あき》れたように目玉を回した。「やめて。そんな意味で言ったんじゃないのはあなただってわかってるくせに。でも、わたしはこれからも自分の思うとおりに行動するわ。だから、あなたは――」

マーティンが現れたのでエヴァは口をつぐんだ。

「こちら、リブ・アイでございます。そしてこちらが、サーモンのピスタチオグリル！」

マーティンは芝居がかったしぐさでそれぞれの前に主菜を置いた。

彼がいなくなるのを待って、ザックは言った。「状況がはっきりするまで、きみには二十四時間ボディガードをつける。だが、さすがに今すぐ手配するのは無理だ。だから今夜と明日はぼくがつきっきりになる。便名を教えてくれ。アメリアに伝えてすぐにチケットを取ってもらう」

「あなたがつきっきりになる？　ロサンゼルスまでついてくるつもり？　本気なの？」

「いつもなら、ヴァション島の伯父さんのところへ行くのがいちばんだ。あそこなら優秀なスタッフがいるし、高性能なセキュリティ・システムが備わっている。しかし彼は今、留守だ。ジェンナとドリューも。だからぼくが名乗りをあげている」

そこまで言ったところで、不意にザックは気づいた。エヴァにボーイフレンドがいるかどうかはまったく知らない。もしいたら、彼女が自分と夜を過ごすのをよくは思わないだろう。

ザックはぎくしゃくと続けた。「ただし……もしほかに、その、友だちとかがいるなら、話は変わってくる。その友だちがきみと一緒にいてくれるなら。ひと晩中」

「それは無理。親しい人を今回のことに巻き込みたくないの——あなたは別として。意気地のない臆病者だと思われたくないもの」

「きみは意気地のない臆病者じゃない。むしろ正反対だ。で？　きみの家にするか？　それともぼくの家？」

直後、たちまちザックは後悔に襲われた。ひどく意味深に聞こえる言い回しをしてしまったのでは？　だが幸い、エヴァはそこには反応しなかった。首を振るのに忙しそうだ。

自分でも止められないとでもいうように、首を振りつづけている。

「だめよ、ザック。わたしはうちへ帰るわ。普段どおりの生活をする。そもそも、あなたはマドックス・ヒルのCSOよ。とてつもなく忙しくて、わたしのボディガードなんてやってる暇はないはずだわ」

「決定権はぼくにある」

「あなたが一生懸命になってくれるのはありがたいと思ってる。感謝してるわ。わたしがロサンゼルスから戻ったらまた相談しましょうよ。そのときに、このリストのことも話し合う——それでいいでしょ？」

「今夜、きみは一人では過ごさない。以上だ」

「もう、どうしてわかってくれないの」エヴァは苛立たしげにかぶりを振った。「あなたが決めることじゃないんだってば」

「専属ボディガードを確保するまでは、ぼくがきみの警護にあたる。それができなければ、この場でドリューに電話して事情を説明する」ザックは首をかしげた。「ドリューは確か、バリにいるんだったかな？　よく覚えていないが。イタリアのマルコムにも連絡しないと。時差がどれぐらいなのかすぐには思い出せないが、そんなことを言ってる場合じゃない。これは非常事態だからな」

エヴァの顔色が変わった。「まさか本気じゃないでしょうね」

「本気だとも」ザックはスマートフォンを取りだすと、画面にドリューの番号を表示した。発信ボタンの上へ指を持っていく。「きみしだいだ」

「やめて！ そんなことしたら、伯父さまも兄さんも大慌てで帰ってくるに決まってるじゃない！」

「だろうね。ぼくだってそうするよ。自分の妹や姪《めい》がそんな目に遭っているとわかれば、どこにいたってすっ飛んで帰るだろう」

「兄さんはハネムーン中だし、伯父さまはやっとソフィーと水入らずで過ごせてる。すごく大切な時間なのよ！ どっちの邪魔もしたくない」

「うん、できれば避けたいな」ザックはうなずいた。

「わたしを困らせないで。こんなの、いじめと同じだわ」

「そうかもしれない。だが、きみの安全を守るために必要ならしかたない。ぼくは彼らに協力を要請する。みんなで事に当たるんだ」

エヴァは猛烈に腹を立てているようだが、ザックにとって大事なのは、彼女の機嫌を取ることではなく彼女の安全を守ることだ。

それきりどちらも黙り込んだ。エヴァはサーモンとサラダを黙々と食べ、ザックはステーキを休みなく口に運んだ。

しかし、平穏はつかの間だった。空いた皿が下げられてしまうと、エヴァが嫌がる話の続きをするしかなくなった。

マーティンがまた何か運んできた。細長い楕円形《だえんけい》の皿に、ひと口サイズのデザートがいろいろとのっている。「当店のデザート・メニューをぜひお試しください」彼はエヴァに向かって言った。「こちらから、チョコレート・ラム・スフレ、アップル・タルトのブランデー・ソース添え、ショートブレッド・クラストのキーライム・パイ、塩キャラメル・カスタード・ブラウニー、そしてパンナコッタのベリー添えでございます」

「これはまたすごいわね」エヴァはつぶやいた。「なんてことしてくれるの、マーティン」

「お口に合えば幸いです」マーティンは控えめにまつげを瞬《しばたた》かせた。「どうぞごゆっくりお召し上がりください」

マーティンがいなくなると、エヴァはデザートフォークを手に取った。塩キャラメル・カスタード・ブラウニーをそっとすくい、うっとりと目を閉じて味わう。

たちまちザックの下半身が反応した。

やがてエヴァの目がゆっくりと開き、こちらを向いてにっこりした。ミステリアスな瞳が、勝ち誇るような光を放ってきらめいている。

「この誘惑に負けるのはわたしだけじゃないわよね？」

「マーティンはぼくのためにそれを持ってきたんじゃない」

「みんなで事に当たるんだって、あなた言わなかった？」エヴァは皿をザックのほうへ押しやると、ブラウニーにフォークを刺して差しだした。「人を小突きまわすにはエネルギーが必要でしょ。長い夜になるわよ、相棒。糖分をとりなさい」

ザックはむしゃくしゃした気分でため息をついた。「茶化《ちゃか》すのはやめてくれ、エヴァ」

エヴァの唇がくっきりと笑みを形づくり、ザックの脈が速くなった。

「ほらほら、タフガイ」囁《ささや》き声で彼女が促す。「薬だと思って。あなたにはこれが必要なんだから」

3

エヴァはのろのろと旅行鞄《かばん》に荷物を詰めた。

ああ、いったいなんだってこんなことに。何が間違っていたんだろう。いろいろありすぎて、もうわからない。こんなにあっけなくザックの思いどおりになってしまうなんて。ザックの秘書がエヴァやアーネストと同じ便のチケットをすぐに手配し、ホテルの部屋はザックが自分で予約した。彼がこの生活に入り込んでくるのを阻止する術《すべ》は、もはやない。

しかも、マルコムとドリューに連絡するという脅しの手段を持っている分、向こうのほうが有利だ。こちらは、マルガリータの夜の真相をいまだに知らないだけでも分が悪い。

そもそも、あの夜から続く気まずさがまずあった。そこへもってきて今夜、彼とともにした食事の席には妙にセクシュアルな空気が漂っていた。そしてもちろん、悪意に満ちた荒らしの存在に数週間にわたって気を揉《も》まされてきた。なんだかもう、頭の中がぐちゃぐちゃだ。

ザックの表情は最初から険しかったが、ガレージ扉のまがまがしい落書きを見たときには、鬼のような形相になった。

それからドアの鍵のお粗末さやセキュリティアラームの不備について、くどくどと説教を始めた。そこまでは驚かなかったが、さらにザックはその場で部下に電話をかけはじめた。彼らが明日ここへ来て問題を是正することが決まると、次の電話では別のチームにオンライン・ハラスメント問題の分析を命じ、さらに三本めの電話で、エヴァ専属警護チームの結成を決めてしまった。今後はエヴァが行くところどこへでも、誰かが必ずくっついてくるということだ。ああ。

ザックは家周辺の現状を写真に収めてそれを各チームに送ると、鍵を渡すようエヴァに迫った。自分が先に中へ入ると言うのだ。結局、どの部屋へ入るにも、エヴァは彼のあとに続く形になった。

エヴァが荷造りをしている今、ザックはリビングルームで待機している。きっと室内を歩きまわっているだろう。防犯面から見たこの家の弱点を、一人で数え上げているだろう。そんなときに自分は、引き出しに手を入れて、セクシーなシルクの寝間着や、細い紐《ひも》とレースで構成された小さな下着などを取りだそうとしている。

だめ、絶対にだめ。下着で火傷《やけど》でもしたかのように、慌てて手を引っ込める。それからクローゼットへ行き、紙袋を引っ張りだした。チャリティに出すつもりの衣類を突っ込んでいるものだ。中をかきまわして、底に沈むパジャマを探りあてた。厚手のフリースで、野暮《やぼ》ったい赤のチェック柄。二サイズほど大きすぎるそれは、友人たちとのクリスマスパーティーでプレゼント交換をしたときに当たったものだった。エヴァが着ると、中で体が文字どおり泳ぐほど大きい。

これこそまさに、ザック・オースティンの家で着るためのパジャマではないだろうか。きっぱりと声高にメッセージを発しているのだから。

〝まさか、セックスのことなんて考えていないでしょうね。こっちはそんなのまったく頭にありませんから。そう、こっちは、全然〟

そんなふうにしてエヴァは、一泊するのに必要なものと明日着る服をなんとか鞄に収めた。ロサンゼルス行きの荷造りをすでに終えていたのは幸いだった。こんなに混乱した頭では絶対何か忘れものをしていただろう。

最後に、電子機器をまとめて入れた。スマートフォン、タブレット、ノートパソコン、充電器。今夜使うヘアケア用品も必要だった。短髪頭の男性が、そうしたものを持っているとは考えにくい。寝癖がついてしまった場合に備えて、ヘアクリップとピンとシュシュも鞄に入れると、エヴァはリビングルームへ移動しかけた。が、すぐに足を止めた。

あまりに激しい胸の鼓動を静めるためだった。落ち着け、冷静になれ、大人なんだから、と自分自身に言い聞かせる。

リビングルームへ入っていくと、ザックは暖炉の前に立ち、エヴァの母が高校を卒業したときのポートレートを手にしていた。彼はエヴァに写真を掲げてみせた。「お母さん？」

「ええ、母よ」

ザックは注意深い手つきでそれをもとに戻した。「きみはお母さんにそっくりだ」今度は腰をかがめて、両親の結婚写真をじっと見る。「ドリューはお父さん似だな」

「よく言われるわ」旅行鞄とスーツケースを移動させながらエヴァは言った。「自分ではあまりわからないけど。で？　うちのセキュリティのだめなところ、リストアップし終わった？」

「そんなにむきになるなよ。しかし、うん、問題は多い」なんとなく面白がっているような口調だった。「ここの鍵は明日、ぼくの家に置いていく。うちのチームがそれをピックアップしてここへ来て、問題を解決するという手はずにしよう」

「自分でできたのに」

ザックはまっすぐにエヴァを見つめた。「これはぼくの専門だ。ぼくに任せてくれ」

エヴァは肩をすくめた。「はいはい。心配してくれるのはありがたいわ。ちょっとやりすぎじゃないかと思うけど」

「やりすぎなもんか」ザックはそう言ってから、本棚の高いところに飾られたチフーリ作の花瓶を見上げた。「いかにもきみらしい住まいだ」

「どういう意味？　どんなところがわたしらしいの？　お粗末なセキュリティ・システム以外に」

ザックは虚を突かれた表情を見せた。「はっきり答えるのは難しいな……それなら最初から言わなきゃよかったか。なんというか……カラフルでいろんな要素が混じり合っていて……創造的なカオス？」

「要するに、とっちらかってるんでしょ。マルコム伯父さまにいつも言われてることだわ」

ザックは皮肉めいたまなざしをこちらへ向けた。「批判してるんじゃない。まったく違う。できれば、これに関して言い争いはしたくないな」

「習い性になってるのかも。伯父さまや兄さんとしょっちゅう言い争ってるから。あの二人を相手に一瞬でも気を抜いたら、こてんぱんにやっつけられるわ。だからつい、誰に対しても条件反射みたいに身構えてしまうのよ。感じ悪いのは自分でもわかってるんだけど」

「せめて、ぼくを信頼しようと試みてもらえないだろうか。誓って言うが、ぼくには他意も下心もない」

エヴァは六年前の朝を思い起こした。ダウンタウンのザックのアパートメントで、二日酔いで目覚めたら、彼の姿が消えていた朝。

あのときはわけがわからなかった。恥ずかしかった。何が起きたのかわからず、苦しかった。

でもレストランでザックは、わたしのことをレディと呼んだ。敬意を表するに値する女性だと。ああ、やっぱりわけがわからない。

「ぼくの家のほうがここより安全だ」ザックは言った。「今夜、引きずってでもきみをうちへ連れていこうとしているのはそのため――それだけが理由だ。それに、ぼくもロサンゼルス行きの支度をしないといけない。やりすぎかもしれないし、きみに不便な思いをさせるのは心苦しい。だからといって、きみを無防備な状態にしておくわけにはいかない。それは絶対にだめなんだ」

懸命に訴える彼を見ているうちにエヴァの気持ちはやわらいだ。「わかった。わたしの荷造りはできてるから、そう、あなたの家へ行くほうが理にかなってるわね」

ザックはほんの一瞬微笑《ほほえ》むと、エヴァの荷物を持ち上げて車へ運んだ。

エヴァは後ろからついていきながら、自分の中でせめぎ合う感情を分析しようとした。気にかけてもらうのは嬉《うれ》しい。安心できる。そう、安心感は確かにある。

けれど、こんなふうに彼の言いなりになるのは……悪《あ》しき前例をつくることになる。でも、前例ってことは、今後も起こる可能性があって……。

エヴァの気持ちは、何やら不穏な方向へ向かおうとしていた。

ザックが幼かった頃、彼の祖父は馬の調教の名手として地元でよく知られていた。祖父の技の肝は忍耐力だった。ザックもコツを伝授されたが、要は、いかにこちらの意図や計画を手放して馬の波長に合わせられるか、だった。何時間でも待つ覚悟がないといけない。力ずくなどとんでもない。調和がすべてなのだ。

もちろん、エヴァ・マドックスは馬とは違う。誇り高く感じやすく熱しやすい、一人の女性だ。馬とは違うが、もしこちらが力でコントロールしようとすれば、激しく反発するであろう点は共通している。兄と伯父に連絡するぞとなかば脅す手も、何度も繰り返せばしまいにエヴァはぶち切れ、勝手にしろと言いだすだろう。そうなったら彼女を守ることは不可能だ。

忍耐しかない。けれども忍耐力とは、相手と信頼関係にあって初めて発揮できるものなのだ。

エヴァとザックの関係は、それとはほど遠かった。

ザックの家へ移動する車中はとても静かだったから、あれこれ考える時間はたっぷりあった。そうするうちに、妙な懸念が脳裏にちらつきはじめた。エヴァの住まいを知った今、彼女が自分の家を見てどう感じるか、おおよその想像はつく。

エヴァが暮らす空間には様々な色と形があふれていた。刺激的なアート作品が多数飾られていたが、たぶん彼女はそのひとつひとつを的確に論評できるのだろう。コルクボードは、写真、スケッチ、チラシ、地図、付箋などで埋め尽くされていた。木彫りの置物があった。ウインドベルが下がっていた。カラフルなラグや宝石のような色合いのアクセントウォールが目を引いた。ベルベット張りのアンティーク調の椅子とソファはずいぶん奇抜なデザインで、無造作に置かれた大ぶりのクッションは全部柄が違っていた。エヴァの持つ、並はずれた創造性が燃えさかっている部屋だった。たき火にあたっているかのように熱が伝わってきた。

エヴァ・マドックスが自分の住まいを調えるのに、インテリアデザイナーは不要だ。彼女の頭にはアイデアが無尽蔵に詰まっている。彼女を惹《ひ》きつけたあれやこれやを眺めて、ザックは何時間でもあそこにいられただろう。これのどういうところに彼女は惹かれたのか、それはなぜなのかと、飽かず考えていられただろう。

ザックの家は広々として快適ではあるが、エヴァのような人の目には素っ気ない靴箱同然に映るに違いなかった。玄関に足を踏み入れた彼女に自慢できるようなものは何もないのだ。

住まいに対する他人の評価を気にするとは、ザック・オースティンらしくもなかった。住み心地は上々だし、自分らしい家だ。住んでいる当人が快適なら、誰だって快適なはずだろう？

しかし、相手はエヴァだ。彼女に関するかぎり、世間一般の当たり前がそのまま通用はしない。

門扉が開いた。小道を進み、玄関前で車をとめる。そのままどちらも動かず、気まずい沈黙がひとしきり続いた。

先に動いたのはザックだったが、助手席のドアを開ける前にエヴァはさっさと車から降りた。ザックは彼女の荷物をトランクから出した。「こっちだ」

ドアについた三種のロックをザックが解錠するあいだ、エヴァは面白がっているような笑みを浮かべていた。ドアを開け、アラーム解除の暗証番号を打ち込むザックに彼女は言った。「すごい。どこまで厳重なの」

「性分でね」ザックは言い、明かりをつけた。

エヴァは中へ入り、視線を巡らせた。サンルームに隣接する、天井高が十メートル近い玄関ホールから、仕切りのない広大な空間が見通せる。片側にキッチンとダイニング。反対側の一段低くなったスペースは暖炉を備えたリビングルームだ。どちら側も大きな窓に囲まれ、リビングのフレンチドアからは石畳の中庭《パティオ》に出られる。高い天井に濃い色の木製梁《はり》。床にはベージュ系のモロッカン・ラグ。大柄なザックでもゆうゆう寝転べる大きさのソファが複数。その生地も無地なら、テーブルランプもシンプルなデザインだ。この部屋の主たる装飾は窓からの眺め、外の緑なのだが、それも夜間は効果がない。絵や彫刻もなく、家族の写真を並べてあるぐらいだった。

これがザック・オースティンだ。あくまで地味で実利的。見てのとおりだ、と彼は心の中でつぶやいた。

「すごい」エヴァは感嘆の声をあげた。「とっても広いのね」

「ああ、この広さが気に入ってる」

トレーラーハウスで育てば誰だってそうなる。並はずれて図体《ずうたい》が大きければなおのこと。あちこちの天井やドアの枠にぶつけたせいで、たぶん今も頭にはへこみが残っているだろう。

エヴァがリビングルームへ続くステップを下りたのでザックも続いた。

「暖炉に火を入れよう」

「どうぞおかまいなく。わざわざ悪いもの」

「いや、わざわざじゃない。すぐ火がつくように常に準備してあるんだ」ザックは床に膝をつくとマッチを擦った。小さな円錐状《えんすいじょう》に積んだ薪《まき》の下の、丸めた新聞紙と木屑《きくず》に火をつける。これもまた祖父から教わった技だった。

「ほんとだ」たちまちパチパチと音がして炎が上がるのを見て、エヴァが言った。「すぐついたわね」

彼女は火に近づいて両手をかざした。

「上着を預かろう。クローゼットにかけておく」

エヴァがジャケットを脱ぐとき、上品な香水の香りがふわりと漂った。ザックがクローゼットから戻ると、彼女は華やかな柄のスカーフをショールのように肩にかけ、写真立ての前にいた。

「ご家族ね」

「うん。これは姪《めい》っ子と甥《おい》っ子」ザックは一枚を指さした。「ブリーが八歳で、ブロディはもうじき七歳になる。この小さいのはブレット。彼女は三つだ。これが妹のジョアンナと、連れ合いのリック」別の写真を指す。「こっちは母で、あれが祖父。祖父はぼくが十九のときに亡くなった」

エヴァは微笑みながら写真を眺めた。「なんて可愛《かわい》い子たち。近くに住んでるの？」

「いや、そうだったらよかったんだが。ウェスト・ヴァージニアにいる。母の家は妹たちのところからそう遠くない。孫たちと離れたくないんだろう。ぼくもできるだけ向こうへ帰るようにしてるんだが」

エヴァは壁全体を見回してから、ザックに目を戻した。「お父さんは？」

「ジョアンナが生まれて間もない頃に失踪した」ザックは答えた。「ぼくはまだ三つになっていなかった。だから父のことはほとんど覚えていないんだ」

エヴァは何か考え込むように眉間に皺《しわ》を寄せた。「お父さんを捜そうとしたことはないの？」

ザックはかぶりを振った。「失踪するほどぼくらから逃げたかったんなら、放っておこうと思った。今さら会ったとしても、互いにかける言葉なんてない。今きみの頭に浮かんでいるのは、ソフィーとマルコムのことだろう？　長い歳月を経て出会った、あの二人のことが」

「そうかもしれない」

「やっぱりな。だが、彼らはぼくらとは違う。マルコムはソフィーの存在さえ知らなかった。父の場合は何もかも知っていた。ぼくたちが住んでいるところも、母が金に困っていることも、一人で苦労してぼくと妹を育てていることも。すべて知っていながら、姿を現さなかった。だからどうでもいいんだ、そんなやつは」

エヴァはうなずいた。「そうね、あなたの言うとおりだわ」

ザックは急に気まずさを覚えた。「すまない。暗くて重い話だったな」

「そんなことない。率直な話をしてくれただけでしょ。聞けてよかった。嬉しかったわ」

その言葉にザックの体が反応した。ばかげている。深い意味などまったくないありふれた台詞《せりふ》だ。それなのにこちらは体を熱くして想像している。彼女を嬉しがらせる別の方法を。あらゆる方法を。

甘美で官能的で淫らな、あれやこれやを。

ザックは意志の力を振り絞って思考回路を修正した。「祖父がいてくれたから、ぼくはラッキーだった。母のお父さんだ。ぼくにとっては、父親の不在を補ってあまりある人だった」

エヴァは壁に沿って歩を進め、祖父が写った別の写真に目を凝らした。

「これ、あなたが撮ったんでしょ」

ザックはそれに目をやった。「ああ、祖父が亡くなる少し前のものだ。休暇でイラクから戻っていたんだ。ぼくが撮ったと、なぜわかった？」

「お祖父《じい》さんの表情よ」エヴァは柔らかな口調で言った。「この笑顔。あなたのことをとっても誇らしく思っている表情だわ。わたしの両親も……こんな笑顔でわたしを見ていたのを覚えてる」

そこでエヴァは声を詰まらせた。

なんてことだ。こちらまで目元が熱くなってきた。だめだ。よりによって、こんなときに。それでなくても尋常ではない精神状態なのに。

ザックはとっさに頭に浮かんだ言葉を口にした。「マルコムは？　彼はきみとドリューの父親代わりだったんだろう？」

エヴァは小さく笑った。「まあ、そうかな。わたしのことを気にかけてくれてるのは確かよ。だけど、こういう表情は一度も見たことがない」

しまった、これは厄介な話題だった。暖炉に火が入っていてよかった。話をそらすにはちょうどいい。ザックは急いで炎をつつくと、薪を数本放り込んだ。

まだ写真を見ているらしいエヴァが背後で言う。「最初にこの家に足を踏み入れた瞬間は、ちょっと冷たすぎる感じかなと思ったの。でも、間違ってた。ここにある写真をじっくり見ればわかる。こんなに温かな空間はそうそうないわ」

「家の中を飾るセンスがぼくにはないから」ザックは、彼女の目を見てしまわないよう用心して言った。「それに正直なところ、絵だの彫刻だの見てもよくわからないんだ。さすがにマドックス・ヒルにこれだけいれば、建築に関してはいっぱしのことが言えるようになったが、アートのほうはからきしだ。それでも、家族の写真は別だな。はかりしれない価値がこれにあるのは、誰に教えられなくてもわかるよ」

「そうそう、それがわたしの言いたかったこと」

ザックは照れ臭くなってきた。「部屋へ案内しよう。新しい寝具を用意する。落ち着いたら暖炉のそばでナイトキャップはどうかな。もし、よければ」

「いいわね、ありがとう」

ザックは彼女の荷物を持ち上げた。ベッドルームの並ぶ廊下を進み、自室に最も近い部屋を選ぶ。「バスルームもついている。タオルを持ってくるよ」

「面倒をかけてごめんなさい」

「こっちがきみを連れてきたんじゃないか。しかもかなり強引に。謝る必要がどこにある？」

「そうよね……そうだった。じゃあ、もっと面倒をかけなきゃ。シーツはエジプト綿じゃないと困るわ。枕はハウスダストアレルギー対応のを最低三つ。寝具はすべて寒色系の無地でお願いね。うるさい柄物はいや」

ザックは声をたてて笑った。「余計なことを言ってしまったな。後悔しそうだ」

「絶対、させてやるから」

ああ、まただ。笑いを含んだハスキーなその声は、またしてもザックの体を疼《うず》かせるのだった。

4

自分の口から出る言葉が、エヴァの耳にはことごとく意味深長に聞こえた。何を言っても、裏にあるのはこれだ。〝とびきりセクシーなあなたと地の果てまで行きたい〟

これはきっと、そういう機会が足りていないからに違いない。もうどれぐらいセックスをしていないだろう。ましてや、素敵なセックスとなると思い出すのも難しい。最後につき合った男は、朝まで一緒にはいられないとエヴァが言うたびひどく不機嫌になった。根負けして一度だけ試したら、エヴァがひと晩中うなされる様子に怖《お》じ気《け》づいて逃げだした。案の定だった。いつものことだ。

これで何度めなどと数えてしまうのは、ひどく空《むな》しいことだとある日気づいた。こんな物差しで自分の人生を測りたくないと思った。ほかのことに気持ちを注ごう、と。

エヴァは、案内されたベッドルームに意識を戻した。無駄なもののない、すっきりと整った部屋だった。天井が高く、特大の窓からは、遠くでまたたく街の灯《ひ》が見える。クイーンサイズの木製ベッド。姿見。アンティークの衣装箪笥《だんす》。箪笥と揃《そろ》いのダークウッドの鏡台。古風な洗面台と水差しまである。賭けてもいい、これらを選んだのはザック・オースティンじゃない。

戻ってきたザックが、抱えていた寝具を椅子の上に置いた。「エジプト綿で、色はくすんだ青。柄は入っていない」

「ありがとう」エヴァは微笑《ほほえ》んだ。「ねえ、もちろんわかってると思うけど、あれは冗談だったのよ」

ザックもにやりと笑った。「念のためだ。どんなときも万一に備えないといけない」

エヴァは呆《あき》れたように目玉をくるりと回した。「ほら来た」

「これがタオル。それからいちおう、これも持ってきた」山のいちばん上にのせられたのは、チャコールグレーのフリースのバスローブだった。「ぼくのだからきみには大きいが、くるまれば寒さはしのげるだろう。表の広い部屋はなかなか暖まらないんだ」

「お気遣い、恐れ入ります」

「よし、ベッドメイクにかかるぞ」

「ばか言わないで。それぐらい自分でできるわ」

「ぼくのほうがうまい」ザックは真顔で言った。「元海兵隊員だぞ。目にも留まらぬ早業で、完璧な寝床をしつらえられる。太鼓の皮なみにシーツがピンと張ったやつを」

「じゃあ、お願いするけど、無理しないでね。太鼓にしなくていいから」

それはなかなかの見ものだった。たくましい大男が腰を折ったりうずくまったり、身をよじったり伸ばしたりするうちに、みるみるベッドが整えられていく。

エヴァはまわりを見回した。「ここも素敵な部屋ね。センスがいい。家具はあなたが選んだの？」

ザックは枕を膨らませてベッドにぽんと投げた。「まさか。そんなのお見通しだろう。ここを買ったとき、妹と母に来てもらってクレジットカードを預けたんだ。二人とも大興奮さ。リビングルームのソファ、椅子、ダイニングセット、ベッドルームの家具一式、全部あの二人が選んだ。甥《おい》っ子姪《めい》っ子が来たとき用の子ども部屋までできあがった。二段ベッドや子ども向けのドレッサーなんかが揃ってる」

「お二人にとってあなたは自慢の息子、自慢の兄なのね」

「うちは家族みんなが互いを誇りに思ってるんだ。さてと、これでホストとして抜かりはないか？　何か足りないものは？」

誘導尋問ね。エヴァはベッドを見やった。ふかふかの羽毛布団に、こんもりした枕の山。

〝足りないのはあなただけよ。裸で寝そべるあなた〟

エヴァは咳払《せきばら》いをした。「じゅうぶんだわ。どうもありがとう」

「よし。それじゃリビングで待ってる。ワインがいいかな。それともカクテル？ スクリュードライバーもジントニックもつくれるぞ。マルガリータも」

エヴァの顔がかっと熱くなった。「いいえ、ワインをいただくわ」

「赤？ 白？」

「赤をお願い」

「わかった。じゃあぼくは引っ込むから、くつろいでくれ」

一人になったとたんエヴァはベッドに座り込んだ。胸の鼓動が激しい。マルガリータ、とザックは言った。ではやはり、彼もあの夜のことが頭にあるのだ。結果的にわたしが途方に暮れることになった、あの恥ずかしい夜のことが。

鎧《よろい》の代わりになるものはないかとエヴァは考えた。そうだ、あれがあった。おぞましいパジャマ。セクシーとは対極にある、チェックのだぼだぼパジャマがぴったり。エヴァは鞄《かばん》からそれを引っ張りだして着ると、その上に、ザックが貸してくれたフリースのバスローブを羽織った。そして裏に滑り止めのついた黄色いルームソックスを穿《は》いた。これもこもこもこだ。思惑どおり、〝歩く毛玉〟としか表現しようのないスタイルができあがった。

そっと部屋を出てリビングルームへ行くと、ザックは暖炉の前にしゃがんでいた。ジーンズとワッフル地のスウェットシャツがまたよく似合う。

彼がこちらへ振り向いた。その目に、縄張り意識のようなものがよぎったのは気のせいだろうか？

本当に一瞬だったし、ただの勘違いかもしれない。でもザックは、自分の縄張りにエヴァが入ってきたことを喜んでいるようだった。こちらが寝間着姿で、大きすぎる彼のバスローブに包まれて、彼の保護下にいる。その事実を好ましく思っているのではないだろうか。

もしそうなら怖かった。でも、それ以上に怖いのは、たった今気づいてしまった自分自身の気持ちだった。

わたしも、この状況を好ましく思っている。

いえ、まさか。そんなわけない。今のは撤回。

「バスローブ、似合うじゃないか」ザックが言った。「この椅子に座るといい。火が近いから」

エヴァは言われたとおり椅子に腰を下ろすと、身を縮めるようにして膝を抱えた。深紅のワインが入ったグラスを差しだされ、受け取る。ザックはソファの後ろの箪笥から、バーガンディとブルーが組み合わされた、深い色合いのブランケットを取りだした。それをエヴァにふわりとかけて、両端を体の下にたくし込む。

「同じのが三枚もあるんだ」告白するような調子で彼は言った。「一度も使ったことがなかった」

「当ててみせましょうか」エヴァはワインをひと口飲んだ。「お母さんとお姉さんが用意してくれたんでしょ」

「ばれたか」

「これはいいものだわ」エヴァはブランケットを撫《な》でながら言った。「すごく滑らかで柔らかい。カシミアね？」

「たぶん」注意深く距離を取って、ザックはソファに座った。今や燃えさかっている炎を、しばらくどちらも黙って見つめていた。

ザックがふたたび口を開いた。「オンライン・ハラスメントのことを話し合うべきなんだろうな。でも、今日は長い一日だった。サイバーセキュリティ・チームには情報を伝えてある。ロサンゼルスから戻る頃には調査も進んでいるだろうから、そこから作戦会議の続きを始めよう」

「そうね、今は考えたくないわ。本当に今日はハードだった。荒らしの問題がなくても、毎年この時期は最悪なのに」

　ぽろりと言ってしまってから、後悔した。ザックの目に強い興味が宿る。

「最悪？　どういう意味だ？」

　まずい。どうして口走ってしまったのだろう。誰にも話したことはなかったのに。エヴァは舌の上でワインを転がし、言葉を濁した。「別に、深い意味はないわ」

「ごまかさないでくれ。話してしまったほうがいい。心のどこかに話したい気持ちがあるからこそ、あんなふうにぼくの興味をそそる言い方になったんだろう」

　エヴァは、冷えた両手を温めたくてカシミアの下へ差し入れた。「今月の四日は、両親の乗った飛行機が墜落した日なの」しかたなく白状した。「何年たっても、この日が来ると落ち込まずにいられない。まあまあうまくやりすごせる年もあれば、今年は大丈夫だと思っていたら突然ぐずぐずになったり。自分がどうなるか予測がつかなくて、この日が来るのが怖いの」

「そういうことだったのか」ザックがしんみりと言った。「ご両親が亡くなったとき、きみは何歳だった？」

「もう少しで十三になるところだった」

　ザックは顔をしかめた。「ああ、それはきつい」

「そうね、傷は深かったみたい」

また沈黙が続いたが、不思議とあまり気まずくはなかった。秘めてきたものをやっと外へ出せたからだろうか。いつもよりたくさんの空気が肺に入ってくるように思いながら、エヴァは薪《まき》の爆《は》ぜる音に耳を傾けた。

「親がいるべき場所にぽっかり大きな穴が空いた感じはわかるよ」ザックが言った。「だが、ぼくには祖父がいた。父の不在を祖父が埋めてくれた。だから祖父が亡くなったとき……」そこでかぶりを振った。「息ができなくなったような気がしたな。ひと月ぐらい、そんな感じだった」

「そう」エヴァは囁《ささや》き声で同意した。「わたしも同じ」

「つらいときには誰かに電話したりするんだろう？　一人で耐えるわけじゃないよな？　違うと言ってくれ」

「人に頼ろうと思ったことはないわ。落ち込んでるわたしなんかと一緒にいて、楽しいわけないもの」

「楽しいとか楽しくないとかの問題じゃない。それじゃきみは、いつも一人きりで苦しんでいるのか？」ザックは呆れたように言った。「それはおかしい。助けを求めるべきだ。そんなところで強がる必要はない。人に頼っていいんだ」

「え？　あなたがそれを言うの、ザック？　あなただって強がるタイプじゃない。落ち込んだから人に助けてもらうなんて、絶対しないでしょ。わたしにお説教はできないはずよ」

ザックは微笑んだ。「まあ、確かに、助けを求めるのは苦手だ。しかしぼくにはドリューとヴァンがいる。彼らの存在はぼくの支えだ。もしぼくが何かでぼろぼろになったら、あの二人がきっと手を差し伸べてくれるだろう」

「ええ、ラッキーなことに」

ザックは、腑《ふ》に落ちないといった様子で眉をひそめた。「ドリューはきみの兄さんだ。つらくなったら電話すればいいじゃないか」

「兄さんにはわかってもらえるでしょうね。でも、親を亡くして悲しいのは兄さんだって同じ。命日には兄さんなりに感じるものがあるはずだから、邪魔はしたくない」

「ジェンナは？」

数々の思い出がよみがえり、エヴァの頬が緩んだ。「そうね、ジェンナがいてくれるわね」素直に認めた。「彼女と仲良くなったのもそれがきっかけ。大学一年のときだったわ。それまでは全然。わたしは彼女のこと、冗談も通じないオタクっぽい優等生だと思い込んでいたし、向こうは向こうで、わたしをチャラチャラしたお嬢さんだと思っていた。仲良しどころか、まったくそりが合わなかったわ。そんなある日、ジェンナが寮の部屋へ帰ってきたら、真っ暗な中でわたしが泣いていた。でも彼女は何も訊《き》かなかった。飛行機事故で亡くなった両親の命日なのよってこっちが言うまで、黙ってそばにいてくれた。そのあと、亡くなったお兄さんの話をしてくれた。それですっかり打ち解けて、今では無二の親友同士というわけよ」

「だったら電話できる相手がいるじゃないか」

「そうね。でもその人は今、たまたま地球の反対側にいて、わたしの兄と幸せなハネムーンの真っ最中。人生ってままならないものね」

ザックはためらいがちに言った。「ぼくに電話してくれてもいいんだぞ。どの程度力になれるかわからないが、すぐに駆けつけて、そばにいる。もちろん、一緒にいて楽しい状況じゃないのは承知のうえだ」

エヴァは両手でグラスを包み込むようにして持ち、赤い液体をじっと見つめた。気恥ずかしくて彼と目を合わせられなかった。「嬉《うれ》しいわ」小さな声で言った。「だけどね、あらためて言ってくれなくても、あなたはもうそれを実行してくれたことがあるのよ」

ザックが訝《いぶか》しげに目を細めた。「え？」

「あの夜のこと」エヴァは言った。「覚えてる？　六年前。マルガリータ」

ザックは鋭く息を吸い込み、目を見開いた。「そうだったのか！　あの日も……？」

「ええ。両親の命日だったの。また落ち込むのがいやで、お酒を飲んでみようと思った。ほかへ気持ちをそらせようとして……」

「ぼくのほうへ、か」

静寂が部屋に満ちた。火の燃えさかる音だけがしばらく聞こえていた。

ようやくザックが口を開いた。「あのときに教えてほしかったよ」

「あれからずっと、あなたに打ち明けたかった。わたしはいつもあんなふうに飲んだくれてるわけじゃないって。それに……その、セックス中毒でもないから。本当に違うから」

「そんなこと、考えもしなかった」ザックは力を込めて言った。「一瞬たりとも頭に浮かばなかった」

「そう言ってもらえると気が楽になるわ。でもね、たとえそうであっても、あなたには謝りたかった」

「謝る？」ザックはぎょっとしたように尋ねた。「いったい何を？」

「何って、あなたを困った立場に追い込んだことよ。わたしの兄はあなたの長年の親友。そのうえ、あなたのボスでもある。だからわたしはあんなことをするべきじゃなかった」

「ぼくも……何も起きなくてよかったと思ってる」

誓ってもいい。エヴァは表情を変えなかった。なのにザックは心の動きを読み取ったらしく、鋭い視線をこちらに向けてきた。

「ちょっと待った。ひょっとして、知らなかったのか？　ああ、エヴァ、きみはぼくのことをどんな卑劣漢だと思ってる？」

「知らなかったわ。知りようがないでしょう？」エヴァは懸命に言い返した。「意識を失ってたんだもの。目が覚めたらあなたはいなかったから、何が起きたのか訊くチャンスはなくなっていた。そのあとも恥ずかしさが先に立って訊けなくて、時間がたてばたつほどますます恥ずかしくなって……」

ザックは目をつぶってかぶりを振った。「驚いた」

「だから、ええと」エヴァは咳払いをした。「自分では覚えていないから教えてほしいんだけど……どんな状況だった？　その、具体的には」

「きみはぼくにキスをした」ザックは簡潔に言った。「そのあと、泣きだしたんだ」

エヴァは顔をしかめた。「最悪」

「泣きたいだけ泣けばいいと思って、ベッドに運んで抱きかかえていた。しばらくするときみは泣きやんで、寝息をたてだした。だからそっと上掛けをかけ、ぼくはソファで寝た。以上」

エヴァは小さな声で言った。「頭がおかしくなったと思ったでしょ」

「いや。悲しいんだなと思った。相当飲んだんだな、とも」

エヴァはワインをぐいっと飲んだ。「本当にごめんなさい。いい迷惑よね」

「そんなことはない。だが、キスされたときはちょっと大変だったな。正しい行いをするのが」

エヴァは赤面しながらも、彼が何も感じなかったわけではないとわかって悪い気はしなかった。「でも結局はわたしを突き放した。どうして？」

ザックのまなざしが険しくなった。「当たり前じゃないか。きみは酔いつぶれていた。ドリューが知ったらどう思うかは考えるまでもない。その気になれば妹を好きにできる男と、二人きりだ。そんな状況にいるきみに、妹を持つぼくが手を出すはずがないだろう」

「あなたっていい人」エヴァはつぶやいた。「わかってたけどね、ずっと前から」

ザックは肩をすくめた。「それに、過ちだったとか言われるのはいやなんだ」

「過ち？　なんの話？」

ザックがすっと視線をそらした。「いや、なんでもない。くだらない昔話だ」

「だめよ」エヴァは、筋肉の盛り上がった彼の肩を指でつついた。「わたしに恥ずかしい告白をさせたんだから、次はあなたの番」

ザックがふたたび肩をすくめた。「あなたとのことは大きな過ちだった、なんて言われるのはもうたくさんなんだ。あの屈辱は二度と味わいたくない」

エヴァは驚いて尋ねた。「いったいどこの誰が、あなたにそんなことを？」

ザックはワインのボトルを取るとそれぞれのグラスに二杯めを注《つ》ぎ、エヴァのグラスを彼女に返した。「まだ海兵隊にいた頃の話だ。休暇中の旅のついでに、負傷した友だちを見舞うためにドイツの陸軍病院へ寄ったんだ。そのときベルリンで彼女と出会った。エイミーはアートと建築を学ぶ学生で、短期留学していた。ダラスの大富豪のお嬢様だ。父親は油田をいくつも所有している」

「なるほど。それで？」

「ぼくは彼女に夢中になった。結婚したいとまで思いつめたが、ある日を境に連絡がつかなくなった。彼女はぼくに黙ってプラハへ移ってしまっていたんだ。あろうことかぼくは彼女を追いかけた——去る者は追うべきじゃなかったのに。そこまでしてぼくから離れようとしていたんだから、彼女のしたいようにさせておくべきだったのに」

「彼女に会えたの？」

「ああ。にこやかに話そうと彼女が努力しているのはわかったが、要はこう言いたかったんだ。あなたにはお金がない、学歴がない、人脈がない。あなたは図体《ずうたい》がでかいだけのとろい田舎者、つき合ったのは大きな過ちだった」

エヴァは怒りもあらわに言った。「冷たい人！　お高くとまっちゃって」

「彼女は正直だっただけだ。きみも正直者が好きだろう」

「それは正直なんじゃない。傲慢よ。無知よ。誰を相手にしてるか、全然わかってない。本当のあなたがまるで見えてない。その人は自分だけを見てたのよ」

ザックは手で振り払うようなしぐさをした。「いずれにしても、たいした問題じゃない。はるか昔のことだ。傷は深かったが」

エヴァはザックの横顔を見つめた。頬から顎へかけてのシャープなライン。身を乗りだして、あの美しい輪郭を指先でなぞりたいと強く思った。

「もし今、ばったりエイミーと会うような機会があったら、あなたのこと、昔とは全然違う見方をするでしょうね」

「そうかもしれない。だが、ぼくが変わったように見えてもそれはうわべだけの話だ。仕事のやり方を覚え、預金残高が増え、着るものもずいぶん上等になった。それでも、あの頃と同じ男なんだ」

「彼女には見えていなかった男」エヴァは続けた。「でも、たぶんあなただって見えていない。みんなが見ているあなたと、あなた自身が見ているあなたのあいだには、ずれがあると《*》わたしは思うわ」

「そうか？　どんなふうに？」

「部下はあなたを愛し、恐れている。ドリューとヴァンはただ愛している。創業者たちはあなたに敬意を抱いている。マルコム伯父さまもヘンドリック・ヒルも。そしてドリューとヴァンが身を固めてしまった今、マドックス・ヒルの独身女性社員にとってあなたは最後の希望の星。セクシートリオの最後の一人」

ザックは小さく鼻を鳴らした。「ばかな」

「本当のことよ。おつむの足りないエイミーお嬢様は、きっとダラスのお偉いビジネスマンと結婚したんでしょうけど、夫はベッドじゃからきしでしょうね。まさにお似合いの夫婦だわ」

ザックは笑い声をたてた。「そこまで想像をたくましくしたことはなかったな。正直、もう彼女の顔もよく思い出せない」

「よかった」エヴァはにっこり笑った。

「それでもやっぱり、ぼくとのことは過ちだったなんて言われたくはないな。その気持ちは今も変わらない。それと、まわりから見た自分と、自身が考える自分にずれがあるのはぼくだけじゃない――きみもだ」

いったい何を言われるのかと、エヴァは身構えた。「意味がわからないわ」

「人に好かれたいと、今日きみは口にした。なあ、わかってるか？　みんな、きみのことが好きだ。きみはみんなの友だちだ。きみには百万の友だちがいる。シアトル中がきみの友だちだから」

「また大きく出たわね。いったい何が言いたいの？」

ザックはさらに続けた。「なのにきみは、大事な日の悲しみを一人で抱え込んで助けを求めない。オンライン・ハラスメントの件も相談しない。まわりはきみを友だちだと思っているのに、きみは彼らを友だち認定していない」

「ばか言わないで」エヴァは反論した。「親しくしてる人はいっぱいいるわ。それにジェンナは――」

「ジェンナの話はまた別だ。それに彼女も今は外国にいる。ぼくが言ってるのは彼女以外の、大勢の人たちのことだ。きみはそのうちの誰にも連絡しなかった。そうだろう？」

「でも、あなたには連絡したわ」

ザックは長いことエヴァを見ていた。「そうだな」その声は優しかった。「きみはぼくに連絡をくれた」

空気が張りつめた。最初はぼんやりしていた理解がどんどん鮮明になっていき、突然限界が来た。

エヴァは身を乗りだすとコーヒーテーブルにグラスを置いた。グラスはカタカタ揺れて倒れそうになった。震える手でそれを支える。

「じゃあ、あの……」エヴァはぼそぼそと言った。「今日はほんとに疲れたわ。わたし、そろそろ――」

「エヴァ」ザックがさえぎった。

エヴァはぎくりとして唾をのんだ。「何？」

「知っておいてもらいたいことがある」

「聞くわ。話して」

「もしきみが本当にベッドでぼくと過ごしていたとしたら、何が起きたのか、あるいは起きなかったのかと、何年も思い悩むことはないはずだ」

「ザック、それについては本当にごめんなさい。酔いつぶれて意識をなくしていたから。決してあなたのこと――」

「ぼくと過ごした時間の一秒たりとも忘れさせはしない」その声は絹のように滑らかだった。「忘れられるわけがない。保証する」

カシミアのブランケットを放りだすように取り払うと、エヴァは立ち上がった。長すぎるバスローブの裾につまずきそうになる。「そうなの」かろうじて返事をした。「わかったわ。それじゃ、おやすみなさい」

そしてローブをたくし上げ、そそくさと部屋を出た。

5

午前四時四十五分。コーヒーメーカーが音をたて、フライパンではベーコンが焼き上がろうとしていたそのとき、ザックは人の気配を感じ取った。振り向くと、部屋を出てくるエヴァの姿が見えた。すっかり身支度を調えている。ジーンズに赤いセーター、髪はゆるやかなアップスタイル。ジャケットを着込んでスーツケースとガーメントバッグを引き、手にはスマートフォンを持っている。

後ろめたそうな表情から察するに、ザックが起きる前に出ていく計画だったのだろう。昨夜の不適切な発言が彼女を怖がらせたのだ。ばかなことをしてしまった。

ザックは先に口を開いた。「ロサンゼルスへはぼくも行くんだからな。警護体制が整うまで単独行動は禁止。当面はぼくがきみのボディガードだ」

エヴァは大きくため息をついた。「ねえ、ザック。お願いだから、合理的に考えてみて」

「アーネストに電話して、搭乗ゲートで落ち合おうと言うんだ」

エヴァは唇を固く引き結んだ。暖炉の前での静かな会話が、二人のあいだの状況をよくするどころか悪化させてしまったのは明らかだった。大量の情報を彼女は処理しきれずにいる。同時に、自分自身の弱さを見せてしまったことに戸惑っている。そのためますます頑《かたく》なに、不機嫌になっているのだろう。

ザックが折れるべきなのだ。プロらしく悠然と事を運ばなければ。彼女はドリューの妹だ。マルコムの姪《めい》だ。つまりマドックス・ファミリーのお姫様だ。大事なエヴァがザックに悩まされていると知ったら、ドリューとマルコムがどう出るか。彼らとは友情と信頼と敬意を互いに抱き合って十年になる仲だが、想像するのも恐ろしい。

ザックは、バターを塗った鉄板に水滴を落として弾《はじ》け具合を確かめた。「いやならいいんだ」パンケーキの生地を流す。「ポジターノはここより九時間進んでいるから、今マルコムに電話すればきっと出る。ドリューは寝ているかもしれないが、地球上のどこにいたって、叩《たた》き起こされたことを怒りはしないだろうな。きみがオンライン・ハラスメントの標的になっていると知れば」

「また卑怯《ひきょう》な手を使うのね、ザック」

「そう思うなら思えばいい。ぼくの方針は変わらない。信頼できるボディガードがつくまではぼくがその役目をする。どうしてもぼくを同行させせないなら、直接伯父さんや兄さんと話し合わせてもらうことになる」

「そうなったら二人とも無駄に騒ぐに決まってるわ」

「いいや、二人ともぼくと同じ気持ちになるはずだ。それを確認できれば、任務を遂行するのも心強い。任務とはもちろん、きみの安全を完璧に守ることだ」

エヴァは視線をそらした。「熱意はありがたいけど、やりすぎよ」

「やりすぎるぐらいでちょうどいいんだ。邪魔にならないよう気をつける。きみの行動に干渉はしない。アーネストに電話してくれ。ベーコンは何枚？」

「三枚」エヴァは即答した。「口論するとお腹が空《す》くの」

「ぼくは口論などしていない」キッチンから出ていくエヴァに、ザックは言った。「事実を述べているだけだ」

「もう黙って。あなたの飴《あめ》と鞭《むち》の使い分けには苛《いら》つくわ」

電話をかけるエヴァの低い声が聞こえてきて、ほどなくキッチンへ戻ってきた彼女は言った。「なんだってこんなとんでもない時間に起きてるわけ？」

「ウェスト・ヴァージニアの祖父の農場で育ったんだ。家畜の世話があるから農場の朝は早い。そのあとは軍隊に入った。そんなこんなで、どんなに遅くベッドに入ろうが朝寝はできない体になった。いつもならこの時間は、走っているかトレーニングをしているかの

「何ができるの？」


どちらかだ」

　エヴァは鉄板を指さした。「美味《おい》しそうな匂い。何ができるの？」

「パンケーキ。力をつけないといけないからな。飴と鞭の使い分けはカロリーを消費するんだ。先にコーヒーを飲んでいてくれ。ミルクはテーブルの上にある。濃いめが口に合えばいいが」

　ほどなくザックは、バターミルク・パンケーキを積み上げた皿を二枚、テーブルに置いた。

　エヴァが自分の分にシロップをかけ、ひと切れ口に入れた。「ふわっふわ！　これ、最高」

「母のレシピだ」

「あなたって多才なのね」エヴァは二口めを口に運んだ。「普段はわたし、朝はあんまり食欲がないのよ。あんまりというか、まったく。だけどこれは……うーん、美味しい！」

「凝った料理は作れないが、基本的なことは母に仕込まれたから」

　エヴァはもりもりとパンケーキを食べ、ベーコンをかじりながらザックに目を向けた。

「今日あなたがいないとマドックス・ヒルのみんなが困るんじゃない？　仕事があるでしょう？」

「もちろんあるが、ぼくは働きづめで、母や妹たちの様子を見に帰省する以外、休みというものを取ったことがほとんどないんだ。アメリアが全部わかってくれている。何かあれば連絡が来るさ。さしあたって先延ばしできない案件はないし、会社の仕事に心残りはない」

「だから趣味に時間を割こうってわけ。わたしにつきまとうとか」エヴァは顔をしかめた。

「荷造りはできてるんでしょうね。予定の便に乗るならぐずぐずしてられないわよ」

「準備は万端整っている」

エヴァはナプキンで口もとを拭った。「ごちそうさまでした。後片付け、手伝うわ」

「いや、今日はハウスクリーニングが入る日で、これも全部やってもらえる」

空港までの車中は静かだった。当たり障りのない会話をしようとザックは何度か試みたものの、そのたびエヴァにはねつけられた。しばらくするとザックも諦めた。エヴァが自分に腹を立てているとしても、それを禁ずる権限は誰にもない。しかし空港が近くなると、ついつい言ってしまった。

「ぼくの前では強がらなくていいんだぞ」

エヴァが、さっと彼のほうを見た。「はい？」

「昨日言ってただろう、両親の命日が来るとつらくなるって。マルガリータで酔いつぶれるのも卑劣な荒らしに怯《おび》えるのも、きみが弱いからじゃない。きみが人間らしい人だからだ。人間らしいのはいいことだ」

「ああ、あれ」エヴァは唇を噛《か》んだ。「なぜあんな話をしたのか、自分でもわからないんだけど——え、え、待って！　ザック、出口を通り過ぎちゃったわよ！」

ルームミラーに目をやってザックは悪態をついた。空港へ続く出口が遠ざかっていく。自滅しないうちに、余計なことをしゃべってしまうこの口を封じてしまおうと心に誓った。どうにか空港の駐車場に車をとめたあとは、どちらも押し黙ったまま搭乗までの一連の流れをこなした。アーネストはすでに搭乗ゲート前におり、快活な若者の饒舌《じょうぜつ》さが、二人のあいだの気まずい沈黙をうまい具合にカバーしてくれた。

離陸するなりエヴァもアーネストもパソコンを開いたが、しばらくするとアーネストがザックのほうへ体を傾けてきて袖を引っ張った。

「エヴァがつくったプロモーションビデオ、見たことあります？」

「アーネスト、余計なこと言わないの」エヴァが制した。「ザックは——」

「アームズ・リーチのは見たよ」ザックは言った。「あれはすばらしかった。ほかにもあるのか？」

「いっぱいありますよ。エヴァの動画は必ずバズるんです。まさに動画の魔術師。今ぼくたちがつくってるのは、ブルーム兄弟が取り組んでる砂漠の農場をPRする動画なんですけどね。ナレーターはいつもエヴァです。すごくうまいから」

「アーネスト！」エヴァの声が鋭くなった。「ザックを困らせないで。彼はそんなものに興味ないんだから」

「あるね、大いに。見せてくれ」

「それじゃ、はい、これ」アーネストが自分のパソコンを差しだした。「デザート・ブルーム社のPR動画の導入部分。展示会のブースで上映するんです。イヤフォン、つけてください」

なんとかして見せまいとするエヴァを無視して、ザックはイヤフォンを装着した。

指弾きのギターの柔らかな音色が聞こえてきた。ドローン撮影された広大な砂漠が映る。棘《とげ》のある植物がぽつぽつ生えているだけの乾ききった大地だ。優しく明瞭な声でエヴァが語りだす。植物生産土壌学における二人のパイオニアの物語だ。その名もなんと花咲《ブルーム》か兄弟。数年前、南カリフォルニアの不毛の地を相続した彼らは、生物学者としてのスキルを使って、この地に緑を芽吹かせようと決意する。土壌には微生物を、帯水層に水を補充するのだ。と、ここで突然映像が変化した。砂漠が一面の緑になり、背の高い草や茂みや小さな木々が青々と育っている。続いてドローンは、果樹園、菜園、温室の上を飛行していった。

ザックは、エヴァの語りを永遠に聞いていたいと思った。なんとセクシーな声だろうか。

高度を下げたドローンは曲がりくねった水路をたどり、池に到達した。飛び立つ鳥の群れの映像に合わせて、エヴァが土壌微生物相について解説する。鳥との共生関係が、植物のミネラル吸収を促進すること。細菌類が耐水性団粒を形成することによって、土壌の質が安定すること。ブルーム兄弟による土壌への微生物補充が、高い効果を発揮していること。

ザックは動画を最後まで観《み》てイヤフォンをはずすと、エヴァのほうを向いた。

「とてつもないプロジェクトじゃないか。賞の候補になってるって？」

「そう。賞金は五十万ドル。プロジェクト全体には全然足りないけど、もらえれば助かるわ。彼らと兄さんを引き合わせたいとも思ってる。ビヨンド・アースの件でね」

ビヨンド・アースの名が出てきたのには驚いた。現段階ではギャンブル同然とも言える、マドックス・ヒルの壮大なプロジェクトだ。火星に建物を建てるという長年の夢の実現へ向けて、ドリューが力を入れている。

「この兄弟も宇宙を目指しているのか？」

エヴァは笑った。「もちろん、手始めは地球よ。取り組むべき砂漠は地球上にいくらでもあるわ。大賞に選ばれた場合、もちろん賞金をもらえるのもありがたいけど、それ以上にありがたいのは、彼らをレベルアップさせてくれる投資家と出会えること。ほんとに、心から神様に祈ってる。賞を獲《と》ってもらわないと困るのよ」

「ひょっとして、個人的に資金援助しているとか?」

「少しね」エヴァは認めた。「本格的に投資してくれる人たちが必要なんだけど、まず世間で評判にならないことには、きちんとした投資家に関心を持ってもらうのは難しい。だから、フューチャー・イノベーションのブース出展にかかる費用はわたしが持ったの。返せるようになったら返してくれることになってるわ。利益が出たらわたしにも分け前をくれるんですって。賭けだけど、いずれ大きな見返りがあるとわたしは信じてる」

ザックは驚いた。「そこまで大規模な展示会なら、出展費用も相当かかっただろう」

「まあね。だけど——」エヴァは勢い込んで言った。「なんとしても出展させたかった。わたしが大学生だったときからのつき合いなんだもの。夏休みには毎年マドックス・ヒル財団でインターンをやってたんだけど、あるとき、ボビーとウィルバーから研究助成金の申請があってね、申請書を書くのは初めてだと言うからわたしが手伝ったの。ほんとに、もし兄さんが新婚旅行の真っ最中じゃなかったら、今すぐ引っ張ってきて彼らに引き合わせるところよ。兄さんはカーボンニュートラルな建築プロジェクトをあちこちで手がけているけど、ブルーム兄弟はそのパートナーとして最適だと思う。壁面緑化、屋上緑化、空中庭園は温暖化対策に大きく貢献するわ。ニュートラルどころか〝カーボンネガティブ〟なビル群がきっとできる。新たなサービス産業も生まれる。想像してみて、緑に包まれた摩天楼を」

「確かに、ドリューがこの兄弟の活動を知ったら大興奮しそうだな」

「ビヨンド・アースの件もあるしね」エヴァは続けた。「火星に人類が住めるようにしようっていうプロジェクトよ？　砂漠の緑化に夢中になってる土壌生物学者以上の適任者がいると思う？」

「きみの夢は壮大だね」

「わたしはブルーム兄弟を信じてるの。ウィルバーは土を生き返らせる天才で、ボビーはバクテリアとアーバスキュラー菌根菌を操る魔法使い。事あるごとにそう言いつづけてもう何年になるかしら。研究ひと筋の修道僧みたいな兄弟が、シャーレと菌糸ネットワークでもって地球を救うのよ。常人には思いもよらない角度から問題にアプローチできるのが彼らなの。ひとつの大きな頭脳があって、それを機能させるには一人の体じゃ足りないのよ。とにかく、これから彼らと組む人は将来的に大金持ちになる。レーザー光線さながらの集中力と核融合炉なみの熱意を持ってる彼らなんだから」

「きみに似てるな」

エヴァは不意を突かれたような顔になった。「わたし？　まさか！」

「レーザー光線さながらの集中力と核融合炉なみの熱意だろう？　まさしくきみそのものだ」エヴァの表情がこわばるのを見て、ザックは言葉を切った。「どうした？　何か気に障ることを言ったかな」

「そうじゃなくて、ちょっとびっくりしただけ。ずっとわたしのこと……軽薄で甘っちょろいやつと思ってそうな感じだったから」

ザックは自分の顔が熱くなるのがわかった。「そんな印象を与えていたとしたら、申し訳なかった」ぎくしゃくした調子で言う。「昔から、人とコミュニケーションを取るのが下手なんだ」

「たぶんわたしのせいね。あのマルガリータの一件みたいなことがあったら、誰だって思うわよ、なんなんだこいつは、って」

ザックのポケットでスマートフォンが震えた。取りだしてみるとヴィクラムからだった。彼は身辺警護を請け負う会社を営んでいる。ザックは昨夜、エヴァに必要なセキュリティ体制の詳細について、彼の留守番電話に長いメッセージを残しておいたのだった。

ザックは通話ボタンを押した。「よう、ヴィクラム」

「ザック、待たせて悪かった。チーム編成ができてから連絡したかったんだ。四人のローテーションで二十四時間、警護できることになった。全員の名前をメールで送っておいたぞ。すぐにでも始動できるが、彼女はどこにいる？　ギルクリストか、それとも自宅か？」

「実は今、彼女は機上の人だ。南カリフォルニアへ向かっている」

「南カリフォルニアだって？」呆《あき》れたようにヴィクラムは言った。「飛行機で？　ボディガードなしでか？」

「ぼくが一緒だ。安全は保たれている」

「きみが？　それはいったい……どういうわけで？　きみみたいな立場の人間がじきじきに――」

「短い休暇を取った。たまには気分転換も必要だからな。エヴァがそっちへ戻るまではぼくがボディガードだ。彼女はロサンゼルスで大事な仕事がある。火曜の夜には戻るから、また連絡するよ。水曜からチームを動かしてくれ。四人の名前は確認しておく」

ヴィクラムは少しのあいだ無言だった。「つまりあれか……きみたちは、そういうことなのか？」

「そうじゃない」ザックは慌てて答えた。「急な話だったんだ。彼女はどうしてもこの便に乗らなきゃならなかったんだが、一人で乗せるわけにはいかない。だから……ぼくがここにいる」

「なるほど。きみがそこにいる」ヴィクラムはゆっくりと繰り返した。「いいか、うちのチームの四人はな、ほかの三人を殴り倒してでも自分が真っ先に任務に就きたいと、全員が意気込んでる。その女性の身の安全を守るためにだ」

「水曜日にまた話そう、ヴィクラム。それじゃ」あらぬ疑いをかけられたザックは、怒りだしてしまう前に電話を切った。

エヴァがもの問いたげにこちらを見る。

「ヴィクラムだ。うちがいつも使うスタッフの一人で、きみのボディガードのチームを編成してくれた」

エヴァはくるりと目玉を回した。「まあ、嬉《うれ》しい」

ロサンゼルス国際空港を出ると、二人はリムジンに乗り、ウェスト・ハリウッドに新しくできたコンベンションセンターつきのホテルへ向かった。巨大なロビーに足を踏み入れたとたん、近くで甲高い叫び声があがり、ザックはとっさにエヴァの前へ出た。ひょろりと背の高い男二人が突進してくる。異様に広い額、レンズの厚い眼鏡、もじゃもじゃの髪、歯茎をむきだしにした満面の笑み。ブルーム兄弟だ。

　エヴァがザックの背後から現れると、兄弟の片方が抱きついて彼女をぐるぐる回しはじめた。ザックは苛立ちを覚えたが、エヴァ本人は楽しげな笑い声をたてている。続いてもう片方が交替して、抱きつき、振り回す。おそらくは双子、そうでなくても双子同然だった。

「ザック、ブルーム兄弟を紹介するわ。ボビーとウィルバーよ」エヴァが息を切らしながら言った。「長いつき合いの、わたしの大事な友人たち。で、こちらはザック・オースティン。マドックス・ヒルの最高セキュリティ責任者よ。オンライン・ハラスメントの件が解決するまで、わたしにつき合ってくれることになってるの」

　ボビーがうなずいた。「荒らしのことならぼくらも聞いた。くそったれどもの素性がわかったら、きみに代わってぼくらが成敗するよ」

「そうとも」ウィルバーも憎々しげに言う。「くその詰まった熱々のコンポストに埋めてやるんだ。分子レベルにまで分解して別の用途に使おう。何か役に立つものにならないとも限らない」

　エヴァはそれぞれの頬にチュッと音をたててキスをした。「ありがとう、二人とも。すごく嬉しいわ。コンベンションセンターのブースはもう見た？」

「ぼくたちもさっき着いたんだ」片割れが答える。「これからバンでプランツを搬入するところ」

エヴァはきびきびした口調になった。「順調ね。こっちも大急ぎでチェックインをすませるから、みんなで一緒に向かいましょう」

しかしその後、部屋割りについてエヴァが異議を申し立てたため、いささか時間をロスすることになった。ザックが取ろうとしたコネクティングルームは、ブルーム兄弟やアーネストとは別の階になる。それがエヴァには不満らしかった。だがザックは取り合わず、内側のドアでつながった二部屋にあくまでこだわった。

相手におもねるとか意向を付度《そんたく》するとか、そんな要素は自分の仕事には不要だとザックは信じていた。

部屋割りの件が片付くと、三人は兄弟と共にコンベンションセンターの展示会場へ向かった。色とりどりのスクリーンやロゴや展示物があふれる中、大勢が慌ただしく行き来する光景はまるでタイムズ・スクエアのようだった。

デザート・ブルーム社のブースは会場中央の一等地にあった。この場所を取るのにエヴァはかなり奮発したに違いないとザックは思った。ブース内にはすでにスクリーンが設置され、動画が流れている。エヴァとブルーム兄弟が植物を並べはじめると、ザックは彼女の姿が見える位置に陣取ってイヤフォンをつけ、動画の音声に耳を傾けた。心地いいエヴァの声が、細菌と菌類を活用したブルーム兄弟の革新的な活動を紹介している。

砂漠は肥沃な大地になりうるのです……帯水層を増やし食物を生産し、生態系の多様性を守ることは不可能ではないのです……炭素排出量削減に彼女が言及する頃には、ザックの下半身は固くなりはじめていた。

土壌生物学にこれほど興奮させられるなんて、いったい誰が想像しただろう？

6

彼の言動を気にするのはやめなさい。今すぐに。

心の中で何度自分に言い聞かせても、いつもながら効き目はなかった。今日はとりわけ忙しいのだから、こんな感情にかかずらっている暇はない。なのにホテルに着いた瞬間から、エヴァはザックのすることなすこと、気になってしかたなかった。

まず、ホテルの部屋を巡るばかばかしい衝突があった。何週間も前にエヴァは、ボビー、ウィルバー、アーネストと同じフロアの一室を予約してあったのだ。ところが今日、ザックは内側のドアでつながった二部屋を取ると言い張った。そうなれば仲間たちとは別の階になる。動線として不合理極まりない。しかしエヴァが反論しようとすると、ザックは例の切り札を出してきた。マルコムとドリューへの電話。実に卑劣だ。そして、その策略はまた成功した。それでなくてもストレス満載の今、伯父や兄からの激しい叱責など聞きたくもない。そういうわけで、この争いにはザックが勝った。

今回の展示会は、ブルーム兄弟にとってもエヴァにとっても正念場だ。余計なことにわずらわされている暇はない。それなのにザックは、エヴァの行くところどこへでもついてきて、仏頂面でその行動を見張り、言葉に聞き耳を立て、話す相手を観察するのだ。落ち着かないどころの騒ぎではないし、とても困る。周囲の人たちも気づきはじめている。気づいて、訝《いぶか》しみはじめている。

常々エヴァは、自信あふれる有能なビジネスパーソンとして見られるよう心がけていた。いつも絶好調、といった顔をして、きびきび行動した。〝さあみんな、行くわよ！〟たいていの場合、その一声でスタッフの士気は上がり、仕事ははかどった。

ところがザック・オースティンに見張られていると、その力を発揮できなくなる。そんな力などもともとなかったかのように調子が出なくなってしまうのだ。何をしていようが何を着ていようが関係ない。ぶかぶかのパジャマを着てカシミアのブランケットにくるまっているときも、かっちりした高価なスーツに身を包んでいるときも、今日みたいにジーンズ、セーター、ブーツという格好でも、まるで裸でいるような気分になってくる。

ザックに見られていると思うと。

それはひどく親密で密《ひそ》やかな心持ちで、過去につき合ったどんな人とのあいだにも抱いたことのないものだった。絶えず体が火照るようなこの感覚も。それもこれも、目の前のザックが忌ま忌ましいほど魅力的だから。たくましい腕を厚い胸の前で組み、鋭い視線を周囲に飛ばしているその姿……。

追い立てられるようにして立ち働いているあいだだけは余計なことを考えずにすんだ。そもそも、自分が仕事に打ち込む理由のひとつはそれだった。兄や伯父も似たところがあるから血筋なのかもしれない。いずれにしても、がむしゃらに働けば憂いも不安も頭に入り込む隙はなく、仕事の成果はそれだけ上がる。つまり、細かい点に目をつぶりさえすれば一石二鳥とも言えるのだ。

今日の午後、エヴァたちが到着したときにはすでにブースができあがっていた。手がけたのはヘンリーとフランク。もう何年も前から、展示会の際には必ず彼らと組むことにしていた。エヴァが考えたブースのコンセプトとレイアウトを、ヘンリーとフランクが膨らませ、具体化する。造作施工から撤収保管まで、ブースに関わるすべての作業を安心して任せられるプロだ。

真新しいブースはとても立派に見えた。あとは最後の仕上げを待つのみだ。ぎりぎりまで並べられないデリケートな植物とか、ケータリングの料理とか。明日の来場客に振る舞われる料理の材料は、ボビーとウィルバーのデザート・ブルーム・ファームから供給される。もとは不毛の砂漠だった土地で育ったものばかり。焼きたてのクラッカーに、天日干しのトマトとアーティチョークとオリーブのパテ。ボビーとウィルバーが育てたぶどうからつくられたワイン。モヒートには彼らの果樹園で採れたレモンと、ハーブ園のミントがあしらわれる。

なんとしても成功させなければならなかった。ボビーとウィルバーのために。そして、エヴァ自身のためにも。

この場所への出展料や運営にかかる経費だけでなく、フランクとヘンリーへの支払いもあり、合わせればなかなかの金額になる。三日分のケータリング費用も安くはないが、これは大事な作戦の一環だった。移り気な客たちの脳みそにデザート・ブルームの名を刻み込むため、五感すべてに訴えるのだ。楽しいもの、美味《おい》しいもの、それからもちろん、アルコールも動員して。

リスクは承知している。しかし、出資した分は必ず戻ってくるとエヴァは確信していた。加えて、長い目で見れば莫大《ばくだい》な利益が生まれるはずだ。ブルーム兄弟にはがんばってもらわないといけない。それにはエヴァの支えが必要であり、すべてがうまく回っていくかどうかもエヴァにかかっている。集中しなければ。密やかな体の火照りなんかに気を散らしている場合ではない。

すでに夜十時を回っているが、ボビーとウィルバーは大事なプランツのあれやこれやが気になるらしく、いつまでも世話をやめない。いつもと同じくエヴァが姉のように言い聞かせなければならなかった。何かお腹に入れて早く寝なさい、そこはもういいから、と。フランクとヘンリーはすでにホテルの部屋に引き上げ、アーネストは友だちと食事をするとかで、とうに姿を消している。

けれどザックはここにいる。辛抱強く待っている。仕事に気を取られているあいだは意識せずにいられたのに、彼の存在にふたたびエヴァの胸はざわつきはじめた。そんな自分に腹が立つ。異性が気になる女子高生じゃあるまいし。

エヴァがブースを出るとザックも歩きだした。二人並んでコンベンションセンターをあとにする。

「すっかり遅くなっちゃったわね。お腹、空《す》いたでしょ。先に食事に行ってくれてよかったのに」

ザックが低い声で答えた。「そんなことをしたら、ぼくがここにいる意味がなくなる」

「わたしが一人きりになる状況は生まれなかったわ。ねえ、ザック、わたしは身体的な危険にさらされているわけじゃないのよ」

「きみの言うとおりだと思いたい。そうであってくれと願いながら、ぼくは明日もきみの背中を見つめつづける。シアトルへ戻ったらヴィクラムのチームに引き継ぐが」

エヴァは顔をしかめた。「ああもう、信じられない。昼も夜も見張られるの？　ずっと？」

「昼も夜もだ。完全に危険が去ったと全員が確信するまでは」

爽やかなロサンゼルスの夜風に吹かれながらも、エヴァは帰ってからの、おぞましく不自由な状況を想像せずにいられなかった。

コンベンションセンターに隣接する豪奢《ごうしゃ》なホテルは二棟のタワーから成り、中間に大きな屋外プールが備わっていた。二階にあるレストランのテラス席から、このプールを見下ろせるのだろう。エヴァたちが泊まるのは第二タワーのほうだった。渡り廊下を歩いていると、プールではしゃぐ若いカップルの姿が見えた。

ザックが尋ねた。「きみも腹が減ってるんじゃないのか？　レストランはまだやってるだろう」

「気持ちが高ぶっててお腹が空かないの。出張中はいつもこう。何か軽いものをルームサービスで頼むわ。あなたはちゃんと食事をして。ほんと、遠慮せずに。わたしのせいで食べそこねたなんてことになってほしくない」

ザックは低く唸《うな》るような曖昧な返事しかしなかった。「部屋まで送ろう」

第二タワーのロビーに入り、エレベーターホールへ向かっていると、二人の背後で声がした。

「エヴァ？ エヴァ・マドックスじゃないか？」

エヴァが振り向くと、よく知っている顔があった。満面の笑みで両手を広げ、ハグしようと歩み寄ってくる。大学で一緒だったクレイグ・レディング。ほんの短いあいだだが、二人はつき合っていた。若く浅はかだったエヴァでさえ、彼との未来はありえないと気づくのに長くはかからなかった。クレイグは頭がよく、目と目の間隔がやや狭いもののハンサムだ。けれど、ちょっと親しくなれば、他人を見下す傲慢な人間だということがすぐわかる。レディング家はたいそうな資産家で有力者とのつながりもある。クレイグは、我こそは選ばれし者と思い込んで育った、典型的なお坊ちゃんだった。エヴァに対しても、この自分が目を留めてやったんだからありがたく思えと言わんばかりだった。今も思い出すだけでぞっとする。

ところがレディング家は、マドックス・ヒルに複数の大規模ビル建設を発注した施主でもあった。だからエヴァは、マルコム伯父からはっきり申し渡されたのだった。クレイグの前では、いつもにこにこ笑ってうなずいていろと。

そういうわけで、クレイグとはつかず離れず、当たり障りのない関係を今日に至るまで保ってきたのだ。

ザックがエヴァの前にずいと進み出てハグを阻止した。「おたくは？」凄《すご》みを利かせた声で問う。

「いいのよ、ザック」エヴァは足を踏みだした。が、ハグされるほど近くへは寄らなかった。「知り合いなの。大学で一緒だった人。久しぶりね、クレイグ。どうしてここにいるの？　お父さんのヘッジファンド会社で働いてるんじゃなかった？　確かポートランドだったわよね？」

「今は自分でベンチャーキャピタルをやってるんだ。この手の展示会を見て回るのも仕事のうちってわけ。そっちはどうしてる？　ひょっとして、ソーシャルメディアのインフルエンサーかな？　インスタグラムにメイクやファッションの動画を投稿してるんじゃない？　猫のおもしろ動画とかさ」

エヴァはにっこり微笑《ほほえ》んだ。歯を食いしばって。「そういうのも、誰かがやらなきゃね」

「ブランド・コミュニケーションのスペシャリストというのが最も的確だろうな」ザックが言った。「彼女はあまりに多くの肩書きを持っているから、ぼくもすべては覚えきれないんだが」

思いがけない助け船にエヴァは驚いた。エレベーターのブザーが鳴り、扉が開く。

クレイグがカードキーをひらひらさせた。「ぼくも上へ行くんだよね。一緒に、いいかな？」

ザックの顔が険しくなったが、社会的に容認されそうな方法で阻止するのは難しかった。だから三人でエレベーターに乗り込んだ。静かに扉が閉まる。

「で、エヴァ、こちらは？　見かけない顔だけど？」

いつもながら、当てこするようなクレイグの物言いには苛々《いらいら》させられる。ザックは絶対にそんな言い方をしない。彼の言葉はいつだって率直かつ明快だ。エヴァは気づくとそんなことを考えていて、自分でも戸惑った。

「クレイグ・レディング、紹介するわ。ザック・オースティンよ。彼はマドックス・ヒル建築設計事務所の最高セキュリティ責任者《CSO》なの」

クレイグの眉毛がくいっと上がった。「へえ。てっきりボディガードかと思ったよ。見るからにそんな感じだ」

「光栄だね」ザックが冷ややかに応じた。「話したくない相手にエヴァがわずらわされないよう、ぼくがついている」

「あれあれ、ぼくたち、長年の友だち同士なんだけどな」大きな白い歯を全部見せてクレイグが笑う。「だから、ぼくの前では虚勢を張ることないからね」

エレベーターのブザーが鳴って扉が開いた。エヴァがまず降りてザックが続く。クレイグと同じ階でなくてよかったとエヴァは思った。なんとなくルームナンバーは知られたくなかった。

「おやすみなさい、クレイグ。明日、会場でまた会えるかもね」

エレベーターが閉まると、エヴァはほっと息をついた。「ごめんなさい」ぽつりと言う。

「クレイグ、感じ悪いわよね」

「気がついてたよ」ザックが言った。「猫のおもしろ動画だと？　あれは本気で言ってたのか？」

「そうよ。クレイグはね、昔からわたしのことを軽く見てるの。でもほら、そういうのにはマルコム伯父さまのおかげで慣れてるから」エヴァは自分の部屋の前で足を止めた。

「ともあれ、今日はお疲れさま。おやすみなさい」

エヴァがカードキーでドアを解錠しても、ザックは隣の部屋へ向かおうとしなかった。困ったような顔をしている。

「マルコムは本当にそんなふうなのか？　あの男みたいに、きみのことを軽く見ているのか？」

「伯父さまはわたしが何をしているのかよくわからないのよ。だから、軽佻《けいちょう》浮薄《ふはく》な仕事だって決めつけてるんでしょう。わたしも、伯父さまに評価されることはとうの昔に諦めたわ。伯父さまは伯父さまなりに愛してくれているし、わたしを働き者だと思ってくれている。本当はわたしを建築家にしたかったのよね。唯一、自分に理解できる仕事だから」

「今日ぼくが見たものをマルコムに見せたいよ」ザックはゆっくりと言った。「きみの目覚ましい仕事ぶりを。それから、きみがつくったビデオも。きみはすばらしい才能の持ち主だ」

「え……そんなこと……ないけど」エヴァは動揺を隠せなかった。「あの、それじゃ、おやすみなさい」

中に入ると、隣室との境のドアが急に存在感を増したように感じられた。ザックの使う汚い手のあれやこれやのおかげで自分はこの状況にあるわけだが、いよいよ彼は、最も汚い手を使ってきた。目覚ましい仕事ぶり？　すばらしい才能？　悪魔の囁《ささや》きだ。そうやってわたしを手なずけようとしているのだ。なんて卑怯《ひきょう》な人。

狡猾《こうかつ》なエヴァ操縦法の、これはもうひとつの要素なのだ。ドリューとマルコムに電話して帰国を促すぞと脅すのが鞭《むち》ならば、仕事や才能を褒《ほ》め称《たた》えるのは飴《あめ》。しかもエヴァは褒められることに飢えている。だから熟した梨みたいにあっけなく落ちてしまいかねない。

ああ、もう。備えつけのファイルを開いてプールの営業時間を確かめる。ストレスを発散する必要があった。眠れるかもしれないと一縷《いちる》の望みを抱くためには、泳ぐのがいちばんだ。ネット・ハラスメントやザック・オースティンといった悩み事がないときでも、眠りがすんなりエヴァのもとへやってくることはなかった。体を疲れさせれば、夢見の悪さもましになるのだ。ほんの少しは。

プールは遅くまで開いているとわかったので、水着とビーチサンダルを引っ張りだした。髪を後ろで編むと、ベッドに腰を下ろして隣室にいるザックの動きに耳を澄ませる。ドアに耳をくっつけかけたが、思いとどまった。聞き耳を立てているだけでもじゅうぶん挙動不審だ。まるで、家を抜けだして夜遊びに出かけようとしているティーンエイジャーみたい。

きちんと服を着て髪を整えていてさえ、ザック・オースティンといると、ひどく自分が無防備な気がしてくるのだ。半裸でびしょ濡《ぬ》れ、ぽたぽた水を垂らして震えているところなど見られた日には、どうなってしまうのか想像もつかない。いいえ、絶対にだめ。そんなことになったら、わたしは破滅だ。

廊下へ出ようとドアを開けたエヴァは、ぎょっとしてのけぞった。アーネストが立っていたのだ。

眼鏡の奥で大きな目をまん丸にして、彼も驚いている。「やあ」

「ノックぐらいしてよ！」エヴァは囁き声でとがめた。

「しようとしたら、ドアが開いたんだもの」アーネストもひそひそと言う。「ぼくたち、なぜこんな小声でしゃべってるの？」

「シーッ」エヴァはザックの部屋のドアに視線を走らせた。「ちょっと泳いでこようと思うんだけど、一人でのんびりしたいから。何か用だった？」

「パソコンを貸してもらおうと思って。ほら、ブースにタッチディスプレイを追加した分、請求書を訂正しないといけなかっただろう？　ほんとは昨日のうちにやってフランクに送るはずだったのに、うっかりしちゃってて。あなたのパソコンで作業させてもらっていいかな。フランクのほうで明日の朝には必要らしいから、大急ぎで送らないといけないんだ。面倒かけて悪いんだけど」

「わかった。入って」

エヴァは一歩下がってアーネストを通すと、ピンクのパソコンをケースから出して開いた。「さっき戻ってきたばかりだから、まだＷｉ‐Ｆｉのパスワードは入れてないんだけど」

「ぼくがやっとく」相変わらず、秘密を共有し合うような小さな声でアーネストは言った。

「あなたのＩＤとパスワードは知ってるし。いいから、泳いできてよ。こっちはすぐ終わるから」

「本当にわたしがいなくても大丈夫？」

「大丈夫だってば」アーネストは請け合った。「ほら、行った行った。ドアはそっと閉めてよ」

エヴァはその言葉に従った。エレベーターへ向かって廊下を走る。まるで子どもみたいだ。でも、あのプールを二十往復か三十往復すれば、きっと今夜を平穏に切り抜けられる。そう、きっと。運がよければ。

たとえ鍵のかかっていないドアの向こう側で、ボディガードたるザック・オースティンが目をらんらんと光らせていたとしても。


ネクタイの結び目を手荒に引っ張りながら、ザックはルームサービスのメニューにざっと目を通した。境のドアをノックして、一緒に食べないかと声をかけようか。

エヴァは実に気まぐれだ。まばゆい光のような温かなエネルギーがまっすぐこちらへ向かって放たれ、目がくらみそうになるかと思えば、突然、バリケードが築かれ彼女は立てこもってしまう。ザックにしてみれば鼻先でぴしゃりと戸を立てられるようなものだった。

プロフェッショナルな大人として振る舞おう、今は彼女にかまわないでおこう、そうザックが決めたときだった。重い音と共に隣室のドアが閉まるのがわかった。

なんだ？ 一人で部屋を離れないようにとあれほど言ってあるのに。ザックは飛びつくようにしてドアを開け、左右を見た。廊下に人影はない。室内のドアへ走り、何度かノックする。

「エヴァ？」大きな声で呼んだ。「おーい！ エヴァ、いるのか？ 異状はないか？」

返事はなかった。だからもう一度ノックした。力を込めて。

依然として応答なし。さらに強く叩《たた》いた。「どうしたんだ、エヴァ！ 答えてくれ！」

それでもなんの反応もなかった。ザックは小さく毒づいて、ドアを押し開けた。

エヴァはいなかった。机の前にはアーネストがいて、エヴァのパソコンを使っていた。イヤフォンをつけ、彼だけに聞こえる曲に合わせて足でリズムを取っている。

「アーネスト？ どうしてきみがいるんだ？」

聞こえている様子がなかったのでザックは歩み寄り、平手で机をばしんと叩いた。衝撃でパソコンが振動した。

アーネストが飛び上がった。ぎゃっと叫んでイヤフォンをはずす。「何？ なんなんだよ！ 心臓が止まるかと思った！」

「エヴァはどこだ？ なぜきみがここにいる？」

「彼女のパソコンを使う必要があったからですよ！」アーネストは叫んだ。「まったくもう。驚くじゃないですか！」

「エヴァはどこにいる？」ザックは迫った。

「泳ぎに行っただけですよ。出張先ではいつものことです。じゃないと眠れないから。もともと不眠症なんだけど、ときどきそれがひどくなるらしくて」

「泳ぎに行っただと？」怒りのあまり声が震えた。

ザックはつかつかと窓に歩み寄るとカーテンを引き開け、十階の高みからプールに目を凝らした。

無人のデッキチェアが取り囲むプールは森閑としていたが、ほっそりした人影がひとつ、軽やかに水を切って進むのが見えた。

嘘だろう。ザックは両の拳を固く握りしめ、湧き上がる怒りと苛立ちを必死に抑えようとした。

そして、当惑しきっているアーネストに目を移した。「自分の部屋へ戻るんだ、アーネスト。もうこんな時間だぞ」

若者はこくりとうなずいた。「あ、はい。えっと……じゃあ、行きます。おやすみなさい」

ザックはエレベーターへ向かった。はやる気持ちを抑えて歩き、あえてゆっくりと呼吸した。攻撃的になるのは禁物だった。エヴァは誇り高く負けん気が強い。ここでこちらが強く出すぎれば、金輪際かまってくれるなと言うに決まっている。飴も鞭もあったものじゃない。

感情をコントロールするのにこれほど苦労したためしはなかった。エヴァの何かがこの心をかき乱すのだ。だが、二人が衝突すればするほどエヴァの安全は危ういものになる。こちらの感情より、エヴァの安全のほうが大事なのは言うまでもない。

7

プールの縁に手をかけて体を持ち上げると、エヴァは濡《ぬ》れた髪を顔から払った。目の前の何かが明かりをさえぎっていた。見えてきたのは靴を履いた足だった。それからグレーのスラックス。視線をさらに上げると……ザックの顔があった。鬼気迫る表情だ。瞳の中で地獄の業火が燃えさかっているような、彼にしかできない形相をしてこちらを見下ろしている。

「あら」動揺を隠してエヴァは言った。「あなただったの」

「そう、ぼくだ」

ザックが真正面に立っているので、エヴァは少し横へ移動してプールサイドへ上がった。髪の水気を絞りながら、気持ちを落ち着かせようと努力する。自信と冷静さを取り戻さなければ。しかし裸に近い格好で、しかもびしょ濡れとあっては、それは非常に難しいことだった。

エヴァはどうにか口を開いた。「言いたいことがあるみたいね。聞くわよ」

「どうしてきみはぼくの言葉を真剣に受け止めないんだ」ザックの声は怒りに震えていた。「この週末のきみの所在は、ネットを見ればすぐにわかる。きみに関心を持っている者は誰でも、きみがどこにいるか、どのホテルに滞在しているか、知ることができるんだ。そんなときにきみはこっそり部屋を抜けだして、ひとけのない夜のプールに泳ぎに来た。いったいどういうつもりだ?」

エヴァはぼそぼそと反論した。「まったくひとけがないわけじゃないわ。ついさっきまで若い子たちが遊んでたし、そこの渡り廊下はしょっちゅう人が通るもの。それにほら、レストランからだって見えるじゃない」遅い食事をとる客で満席のテラスを指さす。

ザックはテラスや廊下に目もくれなかった。「なぜきみは、事をこんなにややこしくさせる?」

「わたしじゃない」エヴァはとっさに言い返していた。「何もかもあなたのせいよ、ザック」

そう口にしたとたん、激しい後悔に襲われた。ひどすぎる言葉だった。こんなことを言われる筋合いは彼にはないのに。

「ごめんなさい」すぐに謝った。「部屋へ戻るわ。もうおとなしくしてると約束する」エヴァは向きを変え、デッキチェアに置いたローブを取りに行こうとした。

ザックの手がさっと伸びてきて、エヴァの手首を荒々しくつかむ。

反射的に大きな手を見下ろした。ザックの手だ、肌と肌が触れ合っている――そう思っただけで全身がぞくぞくした。駆けめぐる熱いエネルギーは怒りのようでもあり、ほかの何かのようでもあった。

もっと巨大で激しい、危険な何か。

エヴァはゆっくりと言った。「放して。早く」

手首をつかむザックの指にいっそう力がこもった。「子どもじみた真似《まね》をするんじゃない」

何よ、偉そうに。エヴァは自分の腕をねじるようにして逆に彼の手首をつかむと、後ろ向きに水中に倒れ込んだ。

ザックもろとも。

盛大に水しぶきが上がり、一瞬、上も下もわからなくなった。水面に顔が出てようやく、自分が何をしたか理解した。

信じられない、子どもの悪ふざけそのものだ。ザック・オースティンをプールに引きずり込んでしまったなんて。服を着たままのザックを、それも大勢の観客の目の前で。レストランのテラス席で歓声があがっている。自分たちはすっかり今夜の演《だ》し物を提供してしまったようだ。

ザックの頭と肩が水中から出た。白いシャツが筋肉質の体にぴったりと張りついている。

ザックは目をぎらつかせながら顔を拭った。

「冗談にしてはたちが悪くないか」怒気を含んだ声だった。

弱気になっちゃだめ。エヴァは自分に言い聞かせると、精いっぱい高く頭をもたげた。

「二度とわたしを力で支配しようとしないことね。さもないと、こんな目に遭うぐらいじゃすまない。わかった?」

ザックの顎の筋肉がぴくぴく動いた。「わかったよ」

「よろしい」

水につかったまま立ち尽くし、見つめ合った。周囲の音は遠のき、二人きりでシャボン玉の中に閉じ込められたかのよう。息詰まる沈黙がその空間を満たす。

「どういうわけでぼくたちはこんなことになってるんだ?」ついに彼が言った。「いったい何が起きた?」

「わからないわ。気がついたら……こうなっていたんだもの」

「そうだろうな」唸《うな》るような声だった。

エヴァは努めて高く顎を上げた。「謝るつもりはないけど」

「謝ってくれとは言ってない。率直な思いを聞きたいだけだ。ぼくがきみを守ることは無駄なことだと、本当に思っているのか？」

「そう思っていたら、そもそもあなたに相談はしていない」

「だったらどうして、ぼくに黙って部屋を抜けだしたりした？　どんな考えがあってのことだ？」

「別に、何か考えがあったわけじゃない」エヴァは認めた。「こうしなくちゃいけなかっただけ……もう限界だった。しばらく離れないとだめだと思ったの」

「守られることから？」

「そうじゃなくて」エヴァは声を絞りだした。「あなたから」

ザックの目が見開かれた。彼が後ずさり、二人のあいだの水が波立った。

「ぼくの存在が問題なら、もうお手上げだ」顔をこわばらせたまま言う。「部屋へ戻ったらヴィクラムに連絡する。明日の朝いちばんの便でチームを送り込んでくれるだろう。引き継ぎをしたらすぐにぼくはきみの前から消える」

エヴァは思わず口走っていた。「だめ！　あなた以外の人はいらない」

ザックがぽかんとした表情になった。「しかし……たった今きみは、ぼくから離れたいと言った」

「ヴィクラムに連絡しないで」エヴァは繰り返した。

ザックは肩まで身を沈めると、立ち泳ぎをしながらエヴァを見つめた。真意を推しはかろうとする目だった。「ぼくにはわからない、エヴァ」彼はつぶやいた。「わかるように言ってくれないか」

「わたしにもわからないのよ」エヴァの声は小さかった。

「マルガリータの夜のせいか？　そうなんだろう？　きみはあのときのことにこだわってるんだ。強い人間だと常に人から思われたい、仮面の下の顔を見られるのは耐えられない……だから」

そのとおりかもしれない。でも、今は黙っているしかなかった。喉が締めつけられて声が出せなかった。

ザックは徐々に近づいてきた。本当に少しずつだったから、ほとんど進んでいるようには見えなかった。でも、気がつくと目の前にいた。あとほんのわずかでも動けば触れ合う距離に。

「ぼくは行動を起こせない」ザックは言った。「あんなに派手にやられたんだから。きみに怒られ、脅され、プールに引きずり込まれた。だから、じっとここに浮かんできみの出方をうかがっている。望むものがあるなら、エヴァ、きみのほうから動いてくれ」

壁のタイルがエヴァの肩甲骨を強く押していた。息が苦しい。「とんでもないことを言うのね」エヴァは囁《ささや》いた。「わたしたち二人とも、どうかしてる」

「同感だな。だが、ついにこうなった」

「あなたの何かがわたしをおかしくさせるんだわ」

ザックの唇が魅惑的な微笑《ほほえ》みを形づくった。「ほう。それは光栄だ」

笑いたいけれど、胸があまりに高鳴って笑えなかった。でも、気づくと背中がタイルから離れていた。体がふわふわとザックのほうへ近づいていく。

「出してしまえば、箱の中へ戻すのは難しくなる」ザックが警告する。「気をつけろ」

エヴァはたくましい両肩に手を置いた。濡れそぼったシャツと、その下の厚く固い筋肉に指が食い込む。「いつまでも箱の中にしまっておきたくない」唇と唇が触れ合うと、エヴァはそう囁いた。

始まりはごく軽やかな口づけだったが、たちまち魔法がかかったように熱烈なキスになった。甘い舌と舌が絡み合い、エヴァの体に電流が走った。焦《じ》らすような低いうめき声が胸を震わせる。そして、むきだしのお腹に触れる、この大きく屹立《きつりつ》したもの……。

それを腹部に押しつけられるたび、もどかしさにエヴァは震え、喘《あえ》いだ。彼の脚に自分の脚を絡ませ、首に抱きついて、しなやかな短髪に指を滑り込ませた。エヴァの欲望は高まりきっていた。まるで何時間も焦らされていたかのように。

いや、実際に長く焦らされていたのだ。昨日の夕方、ザックに会いに行ったときからずっと、激しい欲望が肌の下でうごめいていた。今日という一日は長い前戯のよう。そうしてついにメインパートが始まったのだ。

彼が欲しい。彼のすべてが欲しい。自制も何もかも振り捨てて、この身の奥深くまで彼を迎え入れたい。

ザックの手がエヴァの濡れた髪をまさぐり、唇が口の形を柔らかくなぞった。

「まいったな」くぐもった声で彼は言った。「みんなが見てる」

突然、エヴァにも聞こえはじめた。レストランのテラス席からの野次《やじ》や口笛。手すりから身を乗りだして、下品なアドバイスを投げかけてくる者もいる。

エヴァは露出狂でも目立ちたがり屋でもなかった。本当に彼らの存在をすっかり忘れていたのだ。「ああ、ザック」エヴァはさらに強く彼にしがみついた。「すごく素敵だったわ」

「まだ終わりじゃない」巻きつけた脚にエヴァが力を込めるとザックは声を漏らし、そう言った。「だが続きは部屋へ戻ってからだ」

エヴァはしぶしぶ足をプールの底につけた。何年も何年も待ちつづけたすえに、彼を信じて、勇気を振り絞って、思いきったら、夢がとうとう現実になった。後ろを向くのが怖い。そのあいだにすべてが煙のように消えてしまうのでは？

「これきりになっちゃうような気がして怖いの」エヴァは囁いた。

「心配いらない」ザックはうなずいた。「きみが大人になるかならないかのうちから、ぼくはきみに夢中だった。きみが望めばこっちはいつだってオーケーだ。きみの気が向くまで直立不動で待っている。約束するよ、これきりになど絶対にならない」

エヴァの顔は熱くなったが、それは今の自分に必要な言葉だった。胸を撫《な》で下ろしながらデッキチェアのローブを取るときもまだ、ザックは水の中にいた。

「上がらないの？」エヴァはローブを羽織った。

「体を鎮めないと、このままじゃホテルのロビーを歩けそうにない」ザックは秘密を打ち明けるように言った。「服がびしょ濡れのときは要注意なんだ。はっきりわかってしまうから」

やがてプールから出たザックは、エヴァと並んでロビーへ向かった。カーペットに川をつくりながら歩くのはごく普通のことだとでもいうように、平然と歩いている。エレベーターの前まで来ると、エヴァは笑いをこらえきれなくなった。

「どうした？」ザックは真顔だった。「何がそんなにおかしい？」

「ぴちゃぴちゃ音をたてて歩くんだもの。笑っちゃいけないけど、おかしくて」

ザックは鼻を鳴らしてエレベーターに乗り込んだ。そこへもうひと組のカップルがやってきて、乗ろうとした。が、足もとに塩素臭い水たまりをこしらえた濡れねずみのザックを見ると、ぴたりと動きを止めた。

「上ですか？」エヴァが訊《き》いた。

「次のにします」男性が答え、扉が閉まった。

二人で同時に吹きだしたあと、上昇するエレベーターの中でザックはエヴァを抱きしめ、息が止まるようなキスをした。十階までの時間は短すぎた。熱烈なキスは、エレベーターを降りて廊下を歩きながらも続いた。

部屋の前で、ようやくザックは体を離した。彼の息も荒い。「ここまで来るあいだに考える時間があったわけだが」そこで言葉を切って尋ねた。「どうだ？　気持ちは変わってないか？」

「変わってない。ただ、塩素を落としたいから、大急ぎでシャワーを浴びるわ」

「わかった」ザックが笑顔で言い、エヴァはカードキーでドアを開けた。

中へ入るなりドアに寄りかかった。体が震えていた。夢を見ているんじゃないだろうか。

信じられない。けれど、本当かどうか訝《いぶか》しんでいる暇はないのだ。

エヴァは水着を脱ぎ捨ててシャワーを浴び、脚のむだ毛を処理した。シャンプーした髪にコンディショナーをつけてすすぐ。ドライヤーとロールブラシを駆使してなんとか満足のいくスタイルにする。次にマスカラを手にしたが、思いとどまった。今夜は素の自分でいるべきだという気がしたからだ。いい香りのローションを塗って、ボディの準備は完了。もっと女らしいのを持ってくればよかったと思いながら、寝間着にするつもりだったものを着た。ストレッチコットンのグレーのキャミソールとショートパンツ。セクシーさのかけらもない代物だが、それでもザックの家用にわざと選んだだぼだぼパジャマよりはましだった。

ベッドに腰を下ろして考える。さて、どうしたものか。こちらから合図を出すべき？　迷っていると、ドアにノックの音がしたので助かった。

「どうぞ」

ザックは裸足《はだし》だった。身につけているのは、腰で穿《は》いた黒いスウェットパンツだけ。こうして見ると彼は本当に大きかった。けれど無駄な肉はいっさいついていない。胸板の厚い、たくましい体つきだ。

彼が所在なさげにドアのそばにたたずんでいるので、エヴァは姿勢を正してにっこり微笑んだ。「気が変わってはいないわよ。もし、それを心配しているのなら」

ザックは後ろ手にドアを閉めた。「よかった」

そのまま二人は見つめ合った。

「わたし、ものすごく久しぶりなの」エヴァはつぶやくように言った。「ルールを忘れてるかも」

「そんなもの、どうだっていい。きっとぼくたちの新しいルールができる」

エヴァは見事な胸筋とまぶしい笑顔を交互に見た。「楽しみ」

「ただしひとつだけ、大きな課題が残ってる。ぼくはこれからシャツを羽織ってホテルを出て、避妊具を買ってこないといけない。常に持ち歩いてはいないから」

「ああ、その件ね。わたしは血液検査を受けてる。最後にそういうことがあったあと、何度か。なんの病気も持っていなかった」

「同じだ。久しぶりなのも、病気はないのも」

「よかった。あと、長年ピルを服用していることもお知らせしておくわ。生理周期を安定させるためにのんでいるの。というわけで課題は解決、あなたは買い物に出かけなくてもよくなった」

ザックは驚いた顔を見せた。「本当に？　そこまでぼくを信じてくれるのか？」

エヴァは少し考えた。「ええ、信じるわ」力を込めて言う。「あなたは正直な人だもの。ばか正直と言っていいかもしれない。損得なんて考えないでしょう」

「そっちだってそうじゃないか。きみは決して楽な道を選ばない。ドリューやマルコムとやり合っているのを見ればわかる。こうと決めたら一歩も引かない人だ」

「とにかく、もう何にも邪魔はされないってこと。あなたはどこへも行かずにわたしに誘惑されるの」

エヴァは立ち上がると、ゆっくりザックに近づいていった。彼が発する熱に包まれ、石鹸《せっけん》と歯磨き粉とアフターシェーブローションの香りが嗅げるところまで。

エヴァは夢見心地で微笑みながら彼にもたれて、その匂いを胸いっぱいに吸い込んだ。

「わたしのために髭《ひげ》を剃《そ》ってくれたのね」そっと囁いた。「感動しちゃう」がっしりした顎の輪郭を指でなぞる。「サンダルウッドと、いろんなスパイスが混じってる。とってもいい香り。あなたって、すごく――」

続きは、荒々しいキスに封じられた。

ザックはエヴァの言葉を信じた。信じないという選択肢はなかった。長年膨らみつづけてきたエネルギーが今、内側で沸き立っていた。

十年だ。シアトルへ出てきて間もない頃、ヴァションアイランド島で開かれたバーベキューパーティー。十年前のあの夜、ドリューに紹介された彼の妹。この世にこんなにきれいで魅力的な女性がいるのか、とザックは驚嘆した。以来、密《ひそ》かに彼女を主人公にして、ありとあらゆる夢想をしてきたのだった。

それがついに現実となった。この瞬間、自分は本当にエヴァにキスをしている。むさぼるようなキスを。もしここで手を離したら、背を向けたら、彼女は消えてしまうかもしれない。

エヴァにどれだけ惹《ひ》かれようとも、夢想する以上のことは自分に許さずに来た。つき合うとか関係を持つとか、そんなことは論外だ。初めて会ったときからそう思っていた。当時の自分は、ベルリンでエイミーと別れたばかりだった。見目麗しいお嬢様とは金輪際関わるまいと心に決めていたのだ。

しかしエヴァは、エイミーとはまったく違っていた。いや、どんな人間とも違っていた。彼女は神が生んだ唯一無二の存在だった。今、腕の中にある体はしなやかで力強く、唇は信じられないぐらい甘美だ。そして、この柔らかさ。口はこちらに向かって開かれ、舌がその甘さを隅々まで味わうのを歓迎している。腕はザックの首に回され、より近くへと誘《いざな》う。

ザックは頭をもたげて彼女を見た。深いブルーの目が見開かれている。豊かな胸の先端が、キャミソールの柔らかな生地越しに感じられる。まさぐるザックの手の下で、それはみるみる固く尖《とが》っていき、エヴァは身を震わせた。

「エヴァ」ザックは囁いた。「きみは世界一の女性だ」

「それは言いすぎ」エヴァが笑った。「だけど……嬉《うれ》しいわ。ありがとう」

彼女は間違っている。言いすぎなんかじゃない。エヴァは輝いている。肌はこんなにも熱くて滑らかで、花びらみたいに柔らかい。同じく柔らかで豊かな髪が、指のあいだをさらさらと滑り落ちる。こちらの肩を力任せにつかみ、小さな爪を食い込ませて、彼女はキスを返してくる。

悪い子猫だ。情け容赦ない。情けも容赦も、欲しくなどないが。

エヴァが顔を上げて息を継いだ。「荷物を詰めたときには……こんなことになるなんて思ってもいなかったから」喘ぎながら言う。「わかっていたら、セクシーなネグリジェか何かにしたのに」

「冗談だろう？　その可愛《かわい》らしいグレーの上下にぼくはどうしようもなく興奮してる。息もできないぐらいに」

エヴァは笑い声をあげた。「コットンのキャミソールとショーツに？　あなたを喜ばせるのって本当に簡単なのね」

そのとおりだ、相手がきみならば。ザックはそう言いそうになるのをこらえた。粘着質で欲深な男だと思われたくなかった。想《おも》いを打ち明けるのはまだ早い。エヴァでなければだめなのだとは、当の彼女は知らなくていい。

決定的だったのはあの夜だ。彼女がマルガリータを飲んで泣いて、眠りについた夜。絹の手触りの髪を撫《な》でながら、エヴァの寝顔を見つめて思いを巡らせた。彼女はどんな夢を見ているのだろう、何を考えているのだろう、何が彼女をこんなにも悲しませているのだろうと。そして、心から願った。その悲しみを、自分のこの手で取り除いてやりたいと。あれは確かに運命的な夜だった。あのとき何かがザックの胸に刻み込まれた。それを消すことはもうできない。

おかげで、異性とのつき合いに支障をきたす羽目になった。ザックの基準に達する女性がいないのだ。それを期待されるほうも迷惑な話だろう。エヴァは唯一無二の存在なのだから。

もちろん誰だって唯一無二ではある。けれどもザックにはエヴァしかいなかった。エヴァでなければならなかった。懲りないやつだと自分で自分に呆《あき》れもした。手に入るはずのない相手に執着したら痛い目に遭うのは実証ずみだったのだから。

それがどうだろう――エヴァは今、ここにいる。目は彼女を見つめ、腕は彼女を抱きしめ、五感すべてが彼女を感じ取っている。

「ベッドがあるわよ」エヴァがふたたび囁いた。「わたしを抱えているのに疲れたら」

疲れるわけなどないが、確かにそれは快適だろう。ザックは彼女を抱えたまま移動してベッドに腰を下ろした。

エヴァはザックの腿にまたがる体勢を取り、顔に落ちかかる金髪の向こうから、熱く官能的なまなざしを送ってきた。

ザックは両手で彼女の腿を撫で上げ、ヒップをつかんだ。柔らかなコットン越しに、高まりきったものを押し当ててゆっくりと前後させる。彼女の目を見つめ、彼女の呼吸に合わせて動く。その魂までものぞき込むようにして。

ザックの顔を両手で包み、キスしながらエヴァも動いた。

動きはしだいに速くなり、エヴァが激しく身をよじって喘ぎはじめた。クライマックスが近づいている。

やがてエヴァは頭をのけぞらせ、小さく叫んだ。快感に貫かれて打ち震える体を、ザックはがっしりと抱えた。

力なくザックに寄りかかると、エヴァはその肩に顔をうずめて長いことじっとしていた。

息を整えるあいだも、体は細かく震えつづけていた。

「大丈夫か?」ザックはそっと尋ねた。

エヴァは小さく笑ったものの顔は上げなかった。「ええ」消え入りそうな声。「いえ、やっぱり大丈夫じゃないわ。ばらばらになっちゃった。すごくよかった」

ザックは考え込んだ。「難しい答えだな。矛盾だらけだ」

「あなたとだと全然違ったの」つぶやくようにエヴァは言った。

「どう違ったんだ? 何と違った?」

エヴァが頭をもたげた。「すごく近く感じるの。おかしな表現かもしれないけど、誰かのことをこんなに近く感じたことは一度もなかった。まるであなたがわたしの頭の中にいるみたい。あなたを感じすぎて痛いぐらいよ。むきだしの送電線がすぐそばにある感じ。感電しそうで怖くなる」

ザックは体をこわばらせた。「激しすぎたかな」

エヴァは微笑んだ。その目には涙が光っていた。「激しかったけど、それだけの価値はあったわ」小さな声でそっと言う。「あんな感覚があるんだって初めてわかったもの。大きな爆発が起きて新しい星が輝きだしたみたい」

「そうか」ザックはうなずいた。「超新星ってやつだな。うん、どうやらわれわれは正しい方向へ一歩踏みだしたようだ」

　エヴァはくすくす笑った。「ずいぶん控えめな言い方ね」

　ザックはエヴァを持ち上げ、膝の上で体勢を変えさせた。「次のステップに進もう。超新星もいいが、その前に……」

　キャミソールの裾を引っ張ると、エヴァは柔らかく笑ってそれを脱ぎはじめた。白い肌がのぞき、優美なカーブがあらわになっていく様子を、ザックは固唾をのんで見守った。やがて彼女はくしゃくしゃになった頭を振ると、あの焦らすような誘うような笑みを浮かべた。

　ああ、なんて美しさだ。何もかも、どこもかしこも、最高にきれいだ。ザックは圧倒され、息が止まりそうな気がした。彼女を立たせ、完璧な輪郭を描く両の乳房に唇をつける。それはとても甘く、芳《かぐわ》しかった。すべすべしていて、春の花の香りがした。ザックは花の蕾《つぼみ》のような先端を唇で挟み、歯でそっと噛《か》んだ。

　乳房をただただ慈しんでいると、エヴァが全身をわななかせ、うめき声をあげた。それで、はっと気づいた。これが性的な行為であることをつかの間忘れていたのだ。ザックは乳首を舌で転がしながら、彼女の脚のあいだの密やかな谷間を撫で、しっとりと濡れた柔らかな襞《ひだ》のあわいに指を滑り込ませた。エヴァが堪えかねたように腰を前後させはじめる。

ザック自身、呼吸も苦しいほどに興奮しきっていたが、彼女の絶頂が近いのはわかっていた。エヴァはザックの頭を強く胸に抱えて、すすり泣くように喘いでいる。最後まで見届けなければ。

ああ、ひと晩中だってこうしていられる。何度でも絶頂を迎えればいい。

エヴァのたゆたう波がひときわ大きくうねり、砕けた。むせび泣きにも似た声をあげる彼女を抱いて、ザックはどうにか波を乗り越えた。彼女の愉悦の、強い拍動が伝わってくる。

ザックは懸命に自身をコントロールして、果てる手前で踏みとどまった。

その瞬間は、もっとあとまで取っておきたかった。

8

筋肉の盛り上がった彼の肩は汗ばんでいて、塩辛いような味がした。人を酔わせる刺激的な味。いつまでも味わっていたい、彼の体の隅々まで味わいたいとエヴァは思った。ザックの何かが、エヴァという人間を根底から揺るがしていた。危険極まりなかった。うんと高い崖の縁に立っているかのように、いくら目を凝らしても谷の底は見えない。ザックは用心深そうな表情を浮かべている。「大丈夫か?」さっきと同じことを訊《き》かれた。

こくりとうなずくと、ザックはエヴァをそっと立たせて、いきなりベッドカバーを剥がした。

そしてエヴァのショーツを脱がせて放ると、あらわになったヒップに両手を走らせ、感に堪えないといったうめきを漏らした。「どうしてこんなにきれいなんだ。きみを見ているだけで胸が苦しくなる」

しっかりしないと。なんにも知らない子どもじゃあるまいし、ぼうっと突っ立っていないで大人の女として振る舞うのよ。そう思う一方で、なぜかひどく心許《こころもと》なくて気恥ずかしい。

けれど、彼にだけいつまでも服を着させておくわけにはいかなかった。ザックのスウェットパンツを下ろそうとする――が、そそり立つ大きなものが邪魔をした。

すばやくザックが手を入れてその位置を変え、下着を床に落とす。

ああ、やっぱり。予想にたがわぬ見事な裸体。プールで熱いひとときを過ごしたときからわかっていた。わかってはいたけれど、これの、このたくましさはどうだろう。彼のおかげで、体はすっかり準備が整っていた。すぐにでも欲しくてたまらなかった。だからそれを目にしただけで、呼吸が速くなり両腿に力が入った。

ぎゅっと手で握ると、ザックは一瞬息を止めた。手のひらをゆるやかに回しながら上下させる。石のように固いのに、手触りはまるでスエードかベルベットだ。そして信じられないほど熱い。脈打っている。

「すごい」エヴァは小さく感嘆の声をあげた。

「気に入ってもらえたのならよかった」ザックは喘《あえ》ぎ喘《あえ》ぎ言った。「だが頼む、休み休みやってくれ。限界が近いんだ。きみの中に入るまで取っておきたい」

エヴァは力強い脈を手のひらに感じながら、いっそう強く握りしめた。

「やめられないわ」微笑《ほほえ》んで囁《ささや》いた。「この感じ、たまらないんだもの」

ザックがまたキスをした。不意打ちのようなキスに、喜びと熱がエヴァの全身を駆けめぐった。ザックはベッドに横たわると、エヴァを自分の上に引き寄せた。

ザックにまたがったエヴァは夢中でキスを返した。固いものに、自身の最も柔らかな部分をゆっくりとこすりつける。情熱に身を震わせるエヴァを、ザックが膝立ちにさせた。彼自身を握り、先端でエヴァの入り口を愛撫《あいぶ》する。

ゆっくりと、湿った音をたてながら、円を描くようにそれがうごめく。

そうしてついに、入ってきた。エヴァは息を詰め、腰を沈めた。深く深く、彼を迎え入れた。

ああ……すごい。すぐには動けなかった。呼吸もできなかった。体を支配したその感覚にエヴァは圧倒された。彼の目に浮かぶ感情にも。

やがてザックが動きはじめた。エヴァもリズムをつかみ、一緒に動いた。腰をうねらせ乳房を弾ませ、髪を躍らせて、ザックのすべてをのみ込んでいく。滑らかな往復に、快感が果てしなく高まっていく。

もっと深く……もっと速く……もっと激しく……ああ、もうすぐ。震える肉が張りつめ、膨らんで、もう限界。とてつもなく大きな、恐ろしくてすばらしいものがやってくる――

激しい絶頂を迎えた刹那、ザックは動きを止めてエヴァを抱きすくめた。

エヴァは目を開けて手を伸ばすと、厚い胸に覆いかぶさるようにして彼の頬を撫《な》でた。

「大丈夫か？　痛くなかったか？」

エヴァはうっすら微笑んだ。「質問攻めね」

「知りたいんだ。確かめたいんだ。きみにとって最高の体験だったかってことを。最高じゃなきゃだめだ。それ以外はきみにふさわしくない」

エヴァはうなずいたものの、体がばらばらになってしまったようだった。雲に乗ってあてどなく空を漂っているような。

「なんだか不安そうな顔をしている」ザックが言った。「どうした？　話してくれ」

エヴァはわななく唇を噛《か》んだ。「なんでもないわ。ただね、きっとわたしは何事も自分がコントロールしたいほうなのよ。なのにこれは……真逆というか。コントロールされっぱなし。どうしようもなく自分を見失ってしまう」

「だが、いやじゃないだろう？　もっと欲しいんじゃないのか？」

「もちろん欲しい。いやなわけないわ。でも、ひとつ条件があるの」

ザックが目を細くした。「ほう。聞かせてもらおうか」

「今度はあなたも一緒よ。傍観者のままでいないで。一人で超新星を見るのはいや。あなたもわたしの隣にいて——最後まで」

ザックは眉をひそめ、エヴァの膝からヒップへゆっくり手を滑らせた。

「何？　どうしてそんな顔をするの？」

「こっちもコントロールしたいたちなんだ。ここまでリスクの高い賭けは初めてだよ。今ぼくは、生まれてこのかたこれほど興奮したことはないぐらい興奮しきっている。抑制が利かなくなるかもしれない」

「すごく楽しみ」

「ぼくのほうはそうも言っていられない」くぐもった声でザックは言った。「何しろこの図体《ずうたい》だ。油断するときみに苦痛を与えかねない」

エヴァは乳房をザックの胸に押し当てると、鎖骨に舌を這《は》わせながら、みずからのうちにある彼を強く締めつけた。「そんなこと心配しないで」そっと囁く。「あなたを信じてるわ。それに、あなたはわたしにつかまっているんだもの。一緒に行きましょう。地の果てに何があるのか見に行くのよ」

二人は手を握り合った。張りつめたものをザックがさらに奥深くへと進めると、互いの手に強い力がこもった。欲望の手綱は解き放たれた。

ああ……いい。もっと。もっと。ひと突きごとにエヴァは乱れ、求めて、我を忘れた。

ベッドが揺れる。どちらの息づかいも荒い。喘ぎとうめきとすすり泣く声が重なる。

そして、嵐が二人に襲いかかった。すさまじい破壊力を持つ、巨大な嵐が。

とうとう魂と魂が溶け合って、二人は共に天高く舞い上がった。


ザックが横向きになれたのはずいぶんたってからだった。エヴァがそっと身を添わせ胸板に手を置く。彼女の髪に顔をうずめると、滑らかな背中を撫でさすった。一定のリズムで手を往復させていると、ザック自身が催眠術をかけられたかのように恍惚《こうこつ》としてくる。手は背骨をなぞり、あばらを探索し、ウエストからヒップへの曲線をなぞって、またゆっくりと背中へ戻ってくる。

エヴァのすべて――どんな小さなことも、すべてを記憶に刻みつけたい。体の優しい温かさも、絹のような肌の手触りも、甘い匂いも。

そう思ったときだった。ザックの腹が鳴って、ある問題を思い出させた。

「そうだ。きみの部屋のドアをノックしたのは、ルームサービスを頼まないかと誘うためだった。腹は減ってないか？」

「そうね、今なら食べられるかも。でも、こんな時間に頼めるの？」

「深夜メニューがある。プールへ下りていく前に確かめたんだ」

エヴァがそっと体を離した。「見てみるわ」ザックが置き去りにされたような気分でいると、彼女は笑った。「そんな顔しないで。どちらかがベッドから出ないと注文できないでしょ」

「気持ちの準備ができてなかったんだ」ザックは子どものように口を尖《とが》らせた。「いきなりだものな。ショックだよ」

「あらあら、かわいそうに。すぐ戻るわ」

エヴァはデスクの前へ行き、パンフレット類をごそごそしはじめた。ルームサービスのメニューを見つけだすと、頭を振って髪を後ろへ払う。ドアが開いたままのバスルームから明かりが漏れて、彼女の優美なシルエットを浮き上がらせていた。

「確かにメニュー数は限られてるけど、美味《おい》しそうなものが結構あるわ。二人前のシャルキュトリー・プレートはね、燻製《くんせい》パルマハム、ソーセージ、熟成生ハムにチーズの盛り合わせ、三種のオリーブ。フレッシュなフルーツと焼きたてパンもついてるんですって。ペストリー・プレートも美味しそう。いろんな種類のタルトがひと皿にのってるみたい。リコッタチーズとズッキーニフラワー、天然もののマッシュルームとフェタチーズ、アスパラガスとキャラメリゼオニオン、ドライトマトと羊乳チーズ。どうする？」

「両方のプレートだ」ザックは言った。「いい赤ワインも一本」

ルームサービスを呼び出すエヴァの後ろ姿にザックは見惚《みほ》れた。そうやって視覚から刺激を受けているうちにたまらなくなり、立ち上がってそばへ行った。髪に顔をうずめ、両手をヒップに滑らせる。

「……ええ、それでお願いします」彼女の電話は続いている。「あ、それとワインも。チーズに合う赤を一本。……ああ、それはよさそう。申し訳ないけれど、急いでいただけるとってもありがたいわ。ええ、もちろん。ありがとう。よろしくお願いしますね」

受話器を置くなりエヴァはくるりと向きを変え、こちらの腰に腕を回してきた。誘うような熱っぽいまなざしに、ザックの全身の細胞が目を覚ました。くしゃくしゃの髪が落ちたエヴァの顔にはセクシーでミステリアスな影ができているが、目は笑っている。

「午前一時のピクニックよ。なんて自堕落な二人。ああ、だめだめ、そんな顔でわたしを見ないで」

「どんな顔だ?」ザックはとぼけた。

「四六時中セックスしていたいって顔。まったく、ルームサービスがいつ来るかわからないのに」

「待ってるあいだに空腹を紛らわすにはいい方法だ」

「そんなことしてごらんなさい、最悪のタイミングでドアがノックされるに決まってる。わたしはそんな目に遭いたくないわ。だから諦めて」

「ひどいな。裸で立ってるきみを、口をあんぐり開けて見てなきゃならないのか。世界でいちばんきれいな女性の裸を。誰がなんと言おうと、きみは世界一さ」

「もう」エヴァは首を振った。「ほんとに大げさなんだから」

「本当のことだ」ザックは力を込めて言った。

エヴァは目を伏せた。「わかったわ。じゃあ、あなたを楽にしてあげる。食べる前にシャワーを浴びたいからバスルームに消えるわ」

「手伝おうか？　きみを泡だらけにして、それからゆっくりと隅々まできれいにしてあげよう」

「やめてってば」エヴァは声をたてて笑った。「あなたはここでいい子にしていて。ルームサービスのノックを聞き逃さないでね。ディナーをとりそこねるのはいやよ」

彼女がバスルームへ消えたので、ザックはスウェットパンツを穿《は》いて隣の自室へローブを取りに行った。戻るとバスルームから水音が聞こえていて、官能的な光景が次から次へと頭に浮かんだ。裸のエヴァ。美しい体が熱い湯に打たれている。固く尖った乳首にとどまる水滴。優美な曲線に添って湯は流れ、ふんわりとしたブロンドの翳《かげ》りへと落ちていく。

いよいよ血が熱くなりはじめたところへ、ノックの音がした。食事が到着したのだ。ザックはドアを開け、カートを室内へ入れさせた。チップを渡されたウェイターは満面の笑みで帰っていった。

ザックはバスルームのドアを軽く叩《たた》いた。「来たぞ」大きな声で知らせる。

「すぐ出るわ！」

バスルームから出てくると、エヴァはまとめてあった髪を下ろした。豊かな髪がふわりと肩のまわりに広がる。すでにザックがワインを注《つ》ぎ、料理を並べてあった。エヴァは彼からグラスを受け取ると、ひと口含んでにっこり笑った。「うーん、最高」

ザックはうなずいた。「食べものも美味《うま》そうだ。タルトは熱々だし。早く食べよう」

食べてみると、どれもとびきりの味だった。エヴァといると味覚まで鋭くなったような気がした。パンは引きが強く小麦の風味があり、バターたっぷりのクラストはさくさくとした歯ごたえがいい。薄切りのハムは口の中でとろけそうだ。とりどりのチーズはどれも個性が際立っている。オリーブはギリシャ産とイタリア産、どちらも大粒でつやつやしている。フルーツは香り高い白ぶどうとイチジクと梨。どれもこれも、非の打ちどころがなかった。

二人ですっかりきれいに食べ尽くした。皿に残ったものといえば、わずかなパン屑《くず》、ぶどうの軸と種、それに梨の芯だけだった。

エヴァは妙に恥じらうような面持ちで沈黙している。頬がひどく赤い。

「驚いたな」ザックは言った。「ここは真夜中の宴《うたげ》ができる貴重なホテルだったんだ。たいていはクラブハウス・サンドイッチにありつければいいほうで、運が悪けりゃ半分凍ったピザ。だがただひとつ、足りないものがある。デザートだ」

「なら、もう一度メニューを見る？　何か気の利いたものが――」

「ぼくが考えていたのは、別の種類のごちそうだ」

ザックが立ち上がるのを見てエヴァは目を丸くした。たった二歩でテーブルを回り込んでエヴァの前にひざまずくと、向きをそっと変えて自分と向かい合うようにした。

体が動いた拍子に滑らかな腿の上でローブの裾が割れ、密《ひそ》やかな翳りがちらりとザックの目に映った。温かい肌に両手を置くと、こたえるかのように彼女が身を震わせるのを感じながらヒップまで撫であげた。

頭を低くして、彼女の膝の少し上、柔らかい部分にキスをする。「メニューはいらない。欲しいものはすべてここにある」上に向かい、唇をゆるゆると移動させた。急ぐことはない。楽園の門はすぐそこだ。

エヴァが顔を覆い、声をたてずに笑った。「わたしったら、変よね」彼女は囁いた。「あなたとあんなことをしておいて、今さら恥ずかしがるなんて。あなたといるといつものわたしじゃなくなるみたい。なんだかすごくどぎまぎしてしまうの」

「それがいやじゃなければいいが」

顔を覆っていた手を下ろして、エヴァは微笑んだ。「いやじゃない。ただ、初めての感覚だから。何もかもが強く激しく感じられるの。何かとてつもない危険が待ち受けているみたいな感じもするわ」

まったくもってきみは正しい。ザックは心の中でつぶやいた。この状況は危険だ。リスクを冒す代償はとてつもなく大きい。しかし、今はそれについて話し合う気にはなれなかった。無上の甘露を味わっている今は。

ゆっくりと唇を這わせながら、手をベルベットのぬくもりの中へ進める。襞《ひだ》、窪《くぼ》み、でっぱり。熱くて甘くて、雲よりも柔らかい。こんなにも完璧なものがあるのかと驚嘆しつつ、探り、撫で、愛《いと》おしむ。

そうしているうちに、あの降伏のさざ波がエヴァの全身に広がるのがわかった。長い脚から力が抜ける。それをそっと押し広げて彼女を椅子の端まで引き寄せると、ザックは秘めやかな場所に顔をうずめた。ほっそりした指が頭をつかんで、短い髪をまさぐりはじめる。

口をつけると、エヴァが息をのみ、喘いだ。「ああ……ザック！」

最高だ。彼女の味。彼女の舌ざわり。ザックの脳内で、体内で、無数の花火が炸裂《さくれつ》した。

それでも頭のどこかで、強く意識していた。自分は今、危うい綱渡りをしているのだと。彼女の中に深くみずからを沈めて初めてわかったことだが、ここにはエヴァ・パラドックスとでも言うべき危険な現象が存在する。彼女の中で動き、彼女とひとつに溶け合って初めてそれがわかった。つまり、長年の夢を叶《かな》えて初めて。

夢は、叶って終わりではなかったのだ。彼女に対する自分の欲望には果てがない。ことエヴァに関するかぎり、美味を味わえば味わうほど、ザックの餓《う》えは増すばかりなのだった。

9

ママが恐怖に顔を引きつらせてわたしの両手を握りしめ、目をのぞき込んでいる。ママの口が動いている。必死に叫んでいるみたいなのに、すさまじい騒音のせいで何を言っているのかわからない。真っ黒い煙が機内に広がっていく。火花も。炎も。いろんなものが後ろへびゅんびゅん飛んでいく。人々の悲鳴と風の轟音《ごうおん》だけが響き渡る中、飛行機は空中でばらばらになる。

つないでいた手が引き剥がされて、わたしは一人空中に放りだされる。くるくる回りながら落ちていく。地面が近づいてくる。どんどん、どんどん――

苦しくて息を吸おうとした瞬間、ぱっと目が覚めた。恐怖の叫びをぎりぎりのところでのみ込む。

心臓がどくどくと音をたてている。体がどうしようもなく震える。

ザックが身じろぎをし、こちらの体に回している腕に力を込めた。「エヴァ？　大丈夫か?」

エヴァは身をよじって起き上がると、髪を前へ垂らして顔を隠した。喘《あえ》ぐような呼吸しかできない。でも、精いっぱい音をたてないようにした。バスルームから漏れるほのかな明かりしかないとはいえ、ザックに顔を見られたくなかった。

「なんでもない」どうにか声を絞りだす。「大丈夫よ」

しかし、すでにザックはエヴァをよくわかっていた。彼はベッドに片肘をついて上体を起こすと、エヴァの背中に手を置いた。「本当に?　大丈夫そうには見えないな。悪い夢でも見たか?」

エヴァは、さっと彼の手から逃れた。体の震えは止まらない。「大丈夫だから」そう繰り返すしかなかった。

するりとベッドから下りてバスルームへ急いだ。涙をこらえ、自分を引きずり込もうとする穴から必死に逃れようとしつつ。

こんなときも?　今夜みたいなときも?　ずっと求めていた人と、想像をはるかに超える人生最高のセックスをしたばかりだというのに?　やっぱりわたしはいつもどおり、暗い穴に落ち込んでしまうのだろうか。この身が魔法にかかったからといって、すべての問題がたちどころに解決するわけなどなかったのだ。ちらりとでも期待したのがばかだった。

セックスにそこまで望むものじゃない。たとえ、それがどんなにすばらしいセックスでも。

髪をまとめると、エヴァはシャワーヘッドの下に立って栓をひねった。顔が濡《ぬ》れていれば泣くのも簡単だ。そして、泣くという行為自体が安らぎをもたらしてくれる場合もある。ザックとのことをこれからどうすればいいのだろう？　彼と、心の中の暗い穴。同時に両方と向き合っていくなんて不可能だ。あれほど強く感情を揺さぶり、あれほど多くを求めてくる彼なのだから。

そのプレッシャーにつぶされて、きっとわたしは粉々になってしまう。

しかし、この気づきにさほど驚いてはいない自分もいた。夜明け近くに最後のセックスをしたとき、ひどく切羽詰まった心持ちになったのだった。まるで、何かから逃げようとしているかのような。

今となってはそれもうなずける。実際に逃れようとしていたのだ。けれどいつだって最後には、逃げきれずにつかまってしまう。

高校時代に習った物理法則がエヴァの頭をよぎった。ニュートンの、運動の第三法則。あらゆる運動において、作用があれば必ず反作用がある。大きさが等しく、方向が反対の反作用が。物理の授業の内容なんてほとんど忘れているのに、ニュートンの第三法則は頭に残っていた。感覚として、すとんと腑《ふ》に落ちたからだ。そしてまさに今、それが身に染みている。

じわじわと膨らむこの恐怖こそ、反作用そのもの。すばらしい出来事に対する代償。何事もただでは手に入らない。

シャワーから出たエヴァは、ことさら時間をかけて髪を整え、丁寧に顔に保湿クリームを塗った。何かほかのことに集中すれば、感情のざわつきが静まるような気がした。ときどきはこの方法が効く。少しのあいだだけは効くのだ。

けれども今日は、そううまくはいかなかった。赤くなった目の下に薄くコンシーラーをつける。

顔色は青白いが、唇は違った。真っ赤で、少し腫れぼったい。何時間にもわたって激しいキスを繰り返したせいだ。そう思っただけで五感の記憶が呼び覚まされ、体が震えた。両腿にぎゅっと力が入って、息が止まりそうになる。

ぐずぐずしていてはいけない。やるべきことをやらなければ。

ルビーがあしらわれた金のピアスをつけ、タオル地のバスローブを羽織ると、エヴァは決然とした足取りでバスルームを出た。

ザックはベッドに起き上がって待っていた。二人の視線が一瞬絡み合ったものの、エヴァは、むきだしの電線に触れでもしたかのようにそそくさと目をそらした。そして、今日身につけるものを揃《そろ》えはじめた。下着、ストッキング、スカート、ブラウス、ジャケット、ブーツ。

「エヴァ」彼が口を開いた。「頼む。話してくれ。どうしたんだ？　ぼくが何かしたのか？」

「何も……あなたはなんにも悪くないわ」

それだけ答えた。実際、そうだった。彼はすばらしい。だからこそ厄介なのだ。彼との関係を素直に楽しめばいいものをそうできないなんて、なんてもったいないと自分でも思う。

思うけれど、できない。心の傷が生々しすぎて。この心が弱すぎて。

ショーツを穿《は》きブラをつけるエヴァを、ザックはじっと見ていた。その表情は険しい。

「嘘だ。頼むから正直に言ってくれ」

エヴァは隣のベッドに腰を下ろし、ストッキングに足を入れた。「本当よ。あなたには関係ない。なんでもないの。朝が苦手なのよ。この時間はいつもこんな調子。不愉快な思いをさせてごめんなさい」

「服を着るにはまだ早いだろう。ぼくにチャンスをくれたら、時間なんてきっと忘れさせせてみせる。挑戦しがいのある課題だ」

エヴァはストッキングを穿き、ブラウスを着た。「だめ」固い声で言う。「ザック……悪いんだけど、しばらく一人にさせてもらえるかしら」

ザックの顔がこわばった。彼はベッドから下りるとスウェットパンツを拾い上げて穿いた。「なるほどな。わかったよ」

「違うの――本当に、あなたとは関係なくて」エヴァは口早に言った。「これはわたしの問題なのよ。わたしがおかしな問題を抱えているだけ。あなたがどうこうという話じゃないから気にしないで」

ザックは苦々しげに笑った。「すまないが、そういうわけにはいかないな。この状況でぼくに関係ないというのは説得力がなさすぎる。気休めは言わないでくれ」

「本当に、そんなつもりじゃ――」

「きみがどんなつもりだろうが、もうどうでもいい。身支度の邪魔はしない。だが一人で部屋を出るんじゃないぞ。きみに二十四時間の警護が必要なことに変わりはないんだ」ザックはドアのそばで足を止めると、エヴァの目を見ないで言った。「ぼくもシャワーを浴びて支度をするが、十分もあれば終わるだろう。きみのノックを待っている」

「わかった。でもザック、お願いだから気を悪くしないで」懇願するような口調になった。

「それは無理な注文だ。昨夜は二人であんなふうに過ごしたのに、今朝のきみは態度ががらりと変わった。理由を訊《き》いてもはぐらかされる。ぼくとしては、決して愉快とは言えない」

「あなたを不愉快にさせるつもりは――」

「残念だが、きみにそのつもりがなくても、こうなってしまった。感情を持っているのが自分だけだとでも思っているのか？　きみ以外の人間は感情を抑えるべきだとでも？　きみに迷惑がかからないよう、常に平常心でいろと？」

「まさか」エヴァはうつむいて答えた。「そんなこと、これっぽっちも思ってないわ」

ザックはかぶりを振った。「支度を続けてくれ、エヴァ」その声は暗かった。「気にするな。きみを困らせたり事態をややこしくしたりするのはぼくとしても不本意だ。お互い、大人なんだからな。問題ない、気楽に行こう」

ドアが閉まった。エヴァはベッドに倒れ込んで枕に顔をうずめた。まだザックの匂いがする。叫びたいのを必死にこらえていると喉が痛くなってきた。喉の奥でスクリューが回っているみたいだ。

恋愛が不首尾に終わったことはこれまでもあった。何度もあった。でも、こんな終わり方をしたことはなかった。過去の恋人たちは面倒を察知するやいなや、そそくさと去っていった。彼らが去るとエヴァは、心のどこかでほっとすることさえあった。これでストレスがひとつ減った、と。

今回はとてもそんなふうには思えない。

ザックはブースを訪れる人々の動きに目を配っていた。ブルーム兄弟のブースは大盛況だった。どうやら、フューチャー・イノベーションというこのイベントにおいて、最も注目を集めている有望株がデザート・ブルームであるらしかった。軽食と飲みものが供されて、雰囲気はまるでパーティー会場だ。焼きたての特製クラッカーを、ケータリングスタッフがひっきりなしに運んでくる。クラッカーには、オリーブやアーティチョークやドライトマトのペーストがたっぷり塗られている。材料はすべて、デザート・ブルーム・ファームで栽培、加工されたものだという。運ばれてくるたび、トレイはあっという間に空になる。アーネストは、デザート・ブルーム産のワインやモヒートを注《つ》いで回るのに大わらわだ。

朝から、昼を過ぎた今にいたるまで、エヴァは一度たりともザックのほうを見ようとはしなかった。実際、その暇もなさそうだ。状況に応じて何役もこなす彼女は、八面六臂《はちめんろっぴ》の大活躍だ。マーケター、スポークスマン、PR担当、危機管理責任者、チアリーダー、カウンセラー。彼女はかたときもブルーム兄弟から離れなかった。黒のタートルネックにジーンズという格好をした猫背気味の兄弟は蜘蛛《くも》を思わせるが、さすがに今日は、ぼさぼさの髪を撫《な》でつけようとした形跡はうかがえた。二人とも緊張のあまり無駄に饒舌《じようぜつ》になっており、エヴァが常にかたわらにいて会話を軌道修正しなければならなかった。とはいえ彼女はそれを実に巧みにやってのけるので、気づくのは、ザックのように注意深く観察している人間だけだった。

少なくともこの状況においては、ザックがどれほど熱心に彼女を見つめていようと、誰からも気味悪がられるいわれはないはずだった。人混みの中、ぎらつく視線をターゲットに送りつづけるのはボディガードの仕事なのだから。幸いにも。

今朝はひどく傷つき、心が折れそうになった。あれは我ながら愚かだった。しかし最初に衝動に屈したことが、そもそも愚かだったのだ。いったい自分は何を期待していたのか。彼女と一夜を過ごせば、たちまち世の中はバラ色に変わり、真の愛が生まれるとでも？　あれはとびきりすばらしいセックスだった。ただそれだけの話だ。普通の男ならそのまま受け取って満足するだろう。

だがザックはそれができないのだった。自分で自分の首を絞めることになるとわかっていても。

もっと欲しい、すべてが欲しいと思ってしまう。今だってそう思っている。

衝動に屈したら自分が崩壊するであろうことは、頭のどこかでわかっていた。ずっと前からわかっていたが、それが現実になるはずもなかったのだ。ところがあるとき、ビキニ姿でびしょ濡れのエヴァ・マドックスが、美しいブルーの瞳に熱い欲望をたたえてこちらを見つめてきた……抵抗できるか？

できなかった。だから今、自分は淫らな愚行の代償を支払っているというわけだ。

向こうに、クレイグ・レディングの姿を見つけた。エヴァを取り囲む大きな輪の中にいる。異様に馴《な》れ馴《な》れしく、肩や腕や背中や髪にやたらと手を触れる。かと思えば、彼女は自分のものだと言わんばかりに肩を抱く。身をかわされても、性懲りもなくやる。一度など、彼女の頬をつねりさえした。エヴァがのけぞり、人差し指を振って警告を発する。ただし、笑いながらだ。残念ながらここにプールはないから、あつかましい阿呆《あほう》を彼女が突き落とすことはできない。いや、なくてよかったのか。もしプールがあれば、この手であいつの頭をつかんで水に沈めて、じたばたしなくなるまで押さえつけていたかもしれない。

バーを模したカウンターのほうでけたたましい笑い声があがり、ザックはそちらに目を転じた。

アーネストだった。もう一人の若い男と頭をつき合わせるようにしてげらげら笑っている。相手の男はひょろりとした長身で、まっすぐな黒い髪をしている。

ザックの視線に気づいたアーネストが、モヒートのジョッキを掲げてみせた。何杯めか知らないが、後ろにある壺《つぼ》のような入れ物からそれを注ぐのを、今しがたザックは目撃していた。

「祝杯をあげてるんですよ。飲みます？」

「なんの祝いだ？」ザックは訊いた。

手招きされて近寄ると、アーネストは体をこちらへ傾けて耳打ちした。息が酒臭い。

「ほら、見えます？　男の人がエヴァと話してるじゃないですか」ひそひそと言う。「茶色の上着の人。髪が薄くて、水差しの取っ手みたいに耳が立ってる。あれ、トレヴァー・ウェクスフォード」そこでザックの表情を見てうなずいた。「名前ぐらいは聞いたことあるでしょう」

「有名なベンチャー投資家だな？」

「それそれ。超お金持ち。で、彼の隣にいるのが奥さんのカリスタ。かなりめんどくさい人です。あの二人、もう四十分以上、エヴァとブルーム兄弟と話し込んでます。エヴァからありったけの資料を受け取って、自分の名刺を差しだした。興味を持ったんですよ、やりました！」アーネストは大きなジョッキを引き寄せると勢いよく持ち上げた。中身が少しカウンターにこぼれる。「モヒート、飲みます？　こちら、デザート・ブルーム・ファームにおきまして持続可能な農法でつくられました砂糖とレモンとミントが使われております。ワインもございますよ。これまたブルームぶどう園発、有機栽培されたぶどうが原料となっております」

若者二人はまたケタケタ笑いだした。

ザックはしばらく彼らを観察したあとで言った。「二人でずいぶん念入りに品質検査をしているようだな」

「そういうこと」アーネストの新しい友人がにやりとした。「誰かがやらなきゃいけない仕事だし。でしょ？」

「きみは？」

「あ、そうそう」アーネストが言った。「紹介するの忘れてました。彼はマリック。クレイグ・レディングのアシスタントです」

「ほう」

アーネストがにやりと笑って尋ねる。「で、モヒート注ぎます？　それともワインにします？　ワインもいけますよ」

「仕事中だ」

アーネストはくすくす笑った。「はいはい。でも大丈夫。酒を飲まない主義の人もいますから」背後の棚から大きなピッチャーを取る。「だからほら、ちゃんとこういうのもあるんです。ノンアルコール・モヒート。まあ言ってしまえば、すっごくミントの効いたレモネードなんだけど」アーネストはカップにそれを注いでザックに差しだした。「カップまでサステナブル。葉っぱからつくられてるんですよ。くっついてる花はデザート・ブルーム・ガーデンに咲いた花で、皿の素材もお揃い。エヴァのブランド戦略の一環ってわけ」

カップを受け取ったザックは、それをしげしげと眺めた。繊細な葉脈の浮きでた表面に、ドライフラワーがあしらわれている。「洒落《しゃれ》てるな」

「でしょ。百パーセント堆肥化できるんですよ。でね、使用ずみの皿とカップでぱんぱんになった生分解性ゴミ袋の山をですよ、いったい誰がデザート・ブルームのコンポストセンター行きのトラックまでえっちらおっちら運ぶのか？　このぼくなんだな、ラッキーなことに。この革新的な世界じゃあ柔軟じゃないと生きていけない。そうでしょう？　ぼくは今や、ただのマーケターじゃない。門番であり清掃係でありウエイターでありバーテンダーでもある！　全能だ！　ああ、なんたる幸せ者！」

そこでアーネストは、また発作を起こしたみたいにマリックと笑いだした。

それが治まるのを待って、ザックはアーネストに言った。「きみのボスはあそこできみよりずっと忙しそうにしているが、文句を言ったり愚痴をこぼしたりはしていないようだ。酒も飲んでいないな」

若者たちは急におとなしくなり、どぎまぎと目配せし合った。

ザックは続けた。「きみの雇い主はいろいろな意味でこの展示会に賭けてる。ここは友だちと飲んだくれるのにふさわしい場じゃあないだろう」マリックに視線を移して続けた。「きみのボスもぼくの意見に賛成してくれると思うが」

マリックの目が泳いだ。「あ……えっと……そろそろ行くわ」アーネストに向かってぼそぼそと言う。「仕事を思い出した。じゃ、またな」

マリックが消えたあとも、アーネストは赤い顔をしてしばらくそのまま突っ立っていた。「堅いこと言わないでくださいよ。ぼく、別に酔っ払ってないし。ちょっといい気分、ってだけで。モヒートをちょっぴり味見しただけですからね。まったくもって冴《さ》えてますよ」

「そうか。じゃあ、その調子でいてくれ。ボスはそのためにきみに給料を払ってるんだからな」ザックはノンアルコール・モヒートをひと口飲んだ。「うまいな。ミントの香りがいい。これはよくできてる」

「あ、レモンがなくなりそうだから持ってこなきゃ」アーネストはそうつぶやくと、逃げるようにその場を離れた。

ザックはカップの中身を飲み干して回収容器に放り込むと、エヴァの後ろ姿が常に視界に入るよう体勢を変えた。彼女はまだウェクスフォード夫妻としゃべっている。夫のほうが何か言い、妻とエヴァが楽しげに笑った。

「お、ザッキー！　だったかな？」

馴れ馴れしく言われて振り向くと、クレイグ・レディングがアーティチョーク・ペーストのったクラッカーを口に放り込むところだった。ザックに笑いかけながら咀嚼《そしゃく》し、モヒートで流し込む。

「ザックだ」

「うん、そうだった」クレイグは大げさにうなずいた。「マドックス・ヒルの最高《C》セキュ《S》リ《O》ティ責任者。大変な仕事だ。大企業だもの。従業員は世界中に数千人。守るべき知的財産の価値は計り知れない。こんなところでぶらぶらしていいんですか？」

「優秀な部下たちがいるんでね。二、三日ぼくが不在でも、なんら問題はない」

「それはすばらしい。やっぱり一流の会社となると違うんだなあ。ねえ？」

「ああ」

「あなたは誰よりもそれがわかるんだろうな。社会経験が豊富だから。底辺からてっぺんまで。でしょ？」

ザックは腕組みをして、まじまじと相手を見た。「話の行き着く先が見えないんだが」

「そんなたいそうな話じゃないですよ」その口調の軽さがわざとらしかった。「あなたのプロフィールを読んだものだから。『Cスイート・マガジン』、経営幹部ならみんな読んでるあの雑誌に出てたでしょう」

「ああ、そういえば二年ほど前にインタビューされたな」

「それそれ。ちょっと前にたまたま目にしたんだけど、いい記事だったなあ。ライターがあなたに肩入れしてるのがはっきり伝わってきましたよ。ずいぶん長いインタビューだった」

なるほど。クレイグはネット上にある昔の記事を探しだしたらしい。なぜわざわざそんなことを？

ザックは用心深く言った。「読んでくれたのはありがたいが、きみの言わんとしていることがわからないな」

「ぼくはね、人のキャリアの変遷に興味があるんです。あなたの場合、スタートは一介のボディガード。もともとは現CEO、ドリュー・マドックスと陸軍で一緒だった。彼は創業者の甥《おい》で、ヘンドリック・ヒルのアフリカ行きにあたり、すでに除隊していたあなたに護衛という仕事を与えた。これで合ってます？」

「厳密に言えば、ちょっと違う。陸軍ではなく海兵隊だ。それに、そう、ドリューはぼくに、こんな仕事があるから応募してみたらどうかと声をかけてはくれた。当時彼はマドックス・ヒルに入社もしていなかった。まだ建築の学校に通っていたんだ」

「なるほどなるほど、すべてあなたの実力だったと。もちろんそうでしょう。すごいサクセス・ストーリーだ。人々に勇気を与えてくれる。極貧からビジネスエリートへ、だもの」

クレイグの顔を眺めながら、ザックは女手ひとつで自分たちを育ててくれた母のことを思った。小さな町のソーシャルワーカーだった母が、アルバイトまでして一生懸命働いてくれていたから、彼もジョアンナも身なりはいつだってこざっぱりとしていた。

「極貧というわけでもなかったが」

「そうなんですか？　ふうん。でもほら、今と比べれば、ね？」クレイグは、にかっと笑った。むきだしになった歯のあいだに、持続可能な農法によってつくられたミントの筋が挟まっているのが見えた。

「まあな」ザックは反論しなかった。

「で、今回はなんでまたエヴァの護衛を？」クレイグはしつこかった。「昔取った杵柄《きねづか》ってやつかな？　原点回帰？　なんなんだろう、これは」

「友人に力を貸している、それだけだ。さっさと仕事に戻ったほうがいいんじゃないのか？」

クレイグの目が、すっと細くなった。「ずいぶん失礼な言い方だな。ひょっとして喧嘩《けんか》を売ってる？」

「きみと喧嘩をする必要がどこにある？　時間とエネルギーの節約に協力しようとしているだけだ。このやりとりに実りはない。誰か相手になってくれる人のところへ行くんだな」

クレイグは鼻の穴を膨らませたが、くるりと後ろを向くと歩きだした。まっすぐエヴァのところへ行き、何やら耳打ちしている。あいつに喧嘩を売られたとかなんとか訴えているのだろう。こそこそ逃げだして告げ口するとは、情けない腰抜け野郎だ。

エヴァが驚いたような顔をしてこちらを見た。

思わず息を詰めた。彼女はこっちへやってくるだろうか。なんてひどいことを言うのと自分を叱るだろうか。

しかし、エヴァは反対側を向いてしまった。幸運は巡ってこなかった。ほんの一瞥《いちべつ》――

ザックが得たのはそれだけだった。

輝くように美しいエヴァ。彼女から目を離さないのが自分の仕事だが、たとえそうでなかったとしても、視線は釘《くぎ》づけだったに違いなかった。そしてそれはザックに限ったことではない。あたりにいる男という男どもがエヴァに目を奪われている。ザックはそんな彼らを見ながら、責める気にはまったくなれないのだった。

しかし、エヴァに見とれる男たちが、自分に向けられたザックの視線に気づくことがある。すると彼らはすぐさまエヴァから目をそらし、ブルーム兄弟のブースに立ち寄ることなくすたすたと行ってしまうのだ。無言の圧力を感じるらしい。

黙って立っているだけで怖い。人からそう言われることは確かにあった。

その特性をこんなふうに使うのはプロ意識に欠けているだろうか。いやしかし、ブースに入り込んでクラッカーをむさぼり、モヒートをがぶ飲みするだけの輩《やから》も多いのだ。客層の選別を手伝っているようなものなのだから、自分の存在は役に立っていると言えるだろう。

本当に勘弁してほしい。どこにいても、誰と話していても、近くにザックがいて重苦しいオーラを放っているのだ。これほど疲れることはない。

初日を終え、おやすみなさいとブルーム兄弟に言って会場をあとにしたエヴァは、友人の待つバーへ向かった。モステック社の最高技術責任者とCEO《CTO》であるマーカスとケイレブ。このモス兄弟とは、ずいぶん長いつき合いになる。その昔、友だちと二人でテクノロジービジネスに乗りだしたばかりだったケイレブは、エヴァの最初のクライアントの一人だった。残念ながら、エヴァのせいでもケイレブのせいでもなくそのビジネスは失敗に終わった。けれどその後も友人同士としてのつき合いは続いており、今回、ブルーム兄弟と並んでフューチャー・イノベーション大賞の候補にあがっているモステックのプロジェクトについて、今夜話し合おうと、今朝約束を交わしていたのだった。

ホテルのバーで友だちと飲むだけだからと、いくら言ってもザックには通用しなかった。唯一の譲歩が、カウンターの離れたところに座ることだった。そういうわけで、今、彼はライム入りソーダ水をちびちび飲みつつ、遠くから三人を睨《にら》みつけている。

こちらが怯《ひる》んでしまうほど不愉快そうな顔をして。

モス兄弟がどちらもとびきりハンサムなのもよくなかった。地獄の業火もかくやと思われるザックの視線が、そのために数段威力を増したのは間違いない。

マーカスとケイレブは、話の途中で何度も黙り込んではちらちらとザックのほうを見た。

「エヴァ」おずおずといった調子でケイレブが口を開いた。「身の安全の確保という観点から尋ねるんだが、きみを凝視している男があそこにいるよね? 何かぼくたちが知っておくべき事情があるのかな?」

エヴァは額をこすってため息をついた。「個人的に、ちょっとね」疲れた声が出た。「あなたたちとは関係ない件なの。わたしがネットで嫌がらせを受けてる話は耳に入ってるでしょう?」

「ああ」マーカスが答えた。「最低のクズ野郎だ。きみのことだから、やられっぱなしなわけはないと思うが」

「それがね、今週に入ってからいちだんとエスカレートしてきたものだから、ザックに相談したの。彼、マドックス・ヒルのCSOなんだけど、もう激怒しちゃって。つきっきりで警護すると言い張って、シアトルからここまでついてきたのね。でもちょっと、なんていうか……ややこしいことになって」

「うん、そのようだね」ケイレブがうなずく。

今度はマーカスが言った。「頼みがあるんだ、エヴァ。ぼくら二人とも、きみに対してなんの下心も持ってないってことを、彼にわからせてくれないか? そりゃあきみはとびきり素敵な女性だよ。だけどきみにとってぼくたちは昔からあくまで友人だったし、今後その考えが変わるとも思えない。そして当然ながら、あんなに大きくていかつい男に見張られているきみに、ぼくらがちょっかいを出すわけがない」

エヴァは彼の肩をぴしゃりと叩《たた》いた。「何言ってるの。わたしと彼、あなたたちが思ってるような関係じゃないから」

ケイレブとマーカスが目配せを交わした。

ケイレブが代表して言う。「今の言葉、ぼくはとてもじゃないけど彼には伝えられないな」

不意にこぼれそうになった涙を、エヴァは必死に抑え込んだ。でも、友人を中途半端に困惑させたままにはしておけない。「惹《ひ》かれ合ってるのは本当よ」固い声で認めた。「大いにね。だけど壁にぶち当たって……だから引き返したほうがいいの。じゃないとお互いに傷つくから」

マーカスがエヴァの顔をじっと見た。「手遅れなんじゃないかな、エヴァ。少なくとも彼のほうはもう引き返せそうにない」

エヴァは目を伏せた。そして、震えそうになる唇をぎゅっと噛《か》んだ。

「やっぱりそうか」マーカスは続けた。「そんな気がしたよ。きみにとっても手遅れだったんだ」

ケイレブがぎこちなく言った。「つらいんだね、エヴァ。かわいそうに」

「やめて、二人とも」エヴァはきっぱりと告げた。「もういいから。わたしがここへ来たのは、あなたたちの植物DNA解析技術について話をするためよ。わたしの恋愛事情はどうでもいい。ほら、仕事仕事。ねえ、ブルーム兄弟との提携、考えてみてね。あなたたちの研究と彼らの活動が一緒になったら、もう本当に完璧だから。近いうちに顔合わせの場を設けさせて」

話を切り替えたエヴァに、モス兄弟も調子を合わせてくれた。植物のDNA解析についてひとしきり話し合ったあと、エヴァは二人の頬に軽くキスをして、明日必ず彼らのブースを訪ねると約束した。

そしてエレベーターへ向かって歩いていると、隣にザックが現れた。

エヴァは小声で言った。「ザック、お願いだからやめてもらえないかしら」

「やめるって、何を？　仕事をすることを？　無理だ。やめるわけにはいかない」

「そういう意味じゃないってことはあなたもわかってるわよね。誰彼かまわず睨みつけたり食ってかかったりするのをやめてって言ってるの。困るのよ。アーネストなんて、すっかり怯《おび》えちゃって――」

「あれはガツンと言ってやる必要があったんだ。サボってたからな」

「そうかもしれないけど、だとしてもそれはわたしが対処する問題であって、あなたには関係ない。彼にお給料を払ってるのはわたしなんだから。それからあなた、クレイグにすごく失礼なことを言ったでしょう。確かにうっとうしい人だけど、でも、あれはひどくない？」

「きみにまとわりついてたから腹が立ったんだ」

エヴァは、食いしばった歯のあいだから息を吐いた。「面倒を起こさないでいてもらえたらありがたいわ」

「すまない。代わりの人間をすぐに手当てできればよかったんだが。いずれにしても、このイベントが終わるまでの辛抱だ。シアトルに戻りしだいヴィクラムたちに引き継いで、ぼくは離れたところから状況を見守る立場になる。きみは二度とぼくの顔を見ずにすむ」

エヴァは自分の部屋の前で足を止めた。「ザック」囁《ささや》くような声になった。「わたし、もう耐えられない」

「もう少しの辛抱だ」彼は繰り返した。「歯を食いしばって耐えてくれ」

冷酷なまでに冷ややかな口調が悲しかった。同時に、腹も立った。

「普段はわたし、人の言動に苛《いら》つくことってまずないのよ。あの伯父とやっていかなきゃならないんだからおのずと面の皮は厚くなるし、たいていのことはやりすごせるようになった。だけどね、あなたには本当に苛々させられる」

ザックの顔つきは、まるでレンガの壁のようだった。ここまで冷たくて硬い表情の彼を見るのは初めてだ。これ以上きみに傷つけられるのはまっぴらだとでも言いたげだ。それを責める資格はこちらにはない。今朝もあんなふうにパニックに陥ってしまったのだから。あの潮が引き、一人ボロボロになって取り残されたら、いつもああなってしまうのだ。

やはり、望みはない。胸が痛くなるほど激しいこの感情は、あまりに危険すぎる。このままでは互いに傷つけ合うばかりだ。

「もし今夜も泳ぐ必要が生じたら、そのときは知らせてくれ」

「泳ぐわけないわ。くたくただもの」

「それじゃ、ゆっくり休むんだな」

ザックは、エヴァがカードキーをスライドし、ライトが緑に変わるまでじっとしていた。

「おやすみなさい」エヴァは囁いた。

中に入ると放りだすようにしてバッグをテーブルに置き、ベッドに腰を沈めた。意識の一部はずっと隣室の気配に向いていた。彼は夕食をオーダーするだろうか。ルームサービスのメニューとワインリストに目をやったとたん、昨夜の記憶がよみがえって胸を焦がした。彼に向かって手を伸ばしたい。強くそう思うと、心臓のあたりが本当に痛くなった。

事態を好転させたくてなんらかの行動を起こしたとしても、ますます悪化させるだけなのは目に見えている。

楽しかった、もういいわ、部屋へ帰って。ザックは、こちらのそんな台詞《せりふ》が通用する相手ではないのだ。いったん始めたら、とことんやる。

飽くことも疲れも知らない人だ。朝になるまで、そのエネルギーと巧みなテクニックが尽きることはない。

そんなザックが本気で怒ったら、それは世界が震撼《しんかん》する恐ろしさなのだった。

10

あと二十五時間。

ザックは頭の中で残り時間を確認した。ブースの外で客の相手をするエヴァが、明るい声で笑っている。黒いパンツスーツとアイスブルーのシルクのブラウスに身を包んだ彼女は、いつもながら魅力的だった。

視界の隅に鮮やかな珊瑚《さんご》色がちらつき、ザックはそちらを向いた。カリスタ・ウェクスフォードがブースに入っていくところだった。植物のガラスケースの上に身をかがめるボビーとウィルバーに近づくと、二人に向かってあでやかに笑いかけ、マホガニー色の豊かな髪を後ろへ払った。

「ちょっといいかしら。あなたたちは主に菌類を使って土を豊かにしようとしているのよね？　ほかの微生物じゃなく菌類を主力にしているところが、わたしがこれまで見聞きしてきたこの種のプロジェクトとは違っているわ。どうしてそこまで菌類にこだわるの？」

カリスタは期待のこもった笑みをたたえて答えを待ったが、笑顔はしだいに引きつりはじめた。ブルーム兄弟がぽかんと口を開けたまま、いつまでたっても返事をしないせいだった。

まずい、とザックは思った。あの二人、故障してしまった。彼らの回路は、カリスタのむせかえるような女っぽさに対処できるようには設計されていないのだった。

前日学んだ事柄を思いだそうとしながら、ザックは進みでた。「思うに、肝は土壌浸食を食い止めることなんでしょう」思いきって言ってみた。「菌根菌は土を団子状の塊にしてくれるので、結果的に浸食に対する抵抗力が高まるんです。そういう理解でよかったのかな、ウィルバー？」

ウィルバーが、ぱちぱちと瞬《まばた》きをした。ザックとカリスタを忙《せわ》しなく見比べるうちに、頭の回路が復旧しはじめたようだった。「ええと……ええと……うん、そう」つっかえつっかえ彼は言った。「……グロマリン。土壌の団粒化を促す糖タンパク質なんだけど、アーバスキュラー菌根菌と、植物の液体炭素浸出液が共に働くことによって生成されるもので、これが土壌の保水性と浸食に対する抵抗力を高めてくれるんだ」

今度はボビーが口を開く。「だからって根圏細菌を軽視してるわけじゃなくて、あらゆるものに役割があるんです。ただ、それぞれの植物に最も適切な菌根菌を組み合わせて可及的速やかに土壌を回復させるってことに、ぼくらは今、力を入れていて。これがうまくいけば雨水の保持にすごく役立つんですよ」

そして兄弟は堰《せき》を切ったようにしゃべりだした。植生ダイナミクスについて、土壌安定性について、陰イオン性親水基ポリマーについて、二人で蕩々《とうとう》としゃべりつづける。ほどなくしてカリスタは、逃げるようにザックとブースを出た。

「ああ、驚いた」彼女はつぶやいた。「あの勢い。まるで消火ホースの栓が開かれたみたいだったわ」

「ええ、それだけ彼らは一生懸命なんですよ。それにしても有意義なプロジェクトだと思いませんか?」

「すばらしいわ。それで、あなたは? これにどう関わっていて?」カリスタはザックを見つめてまつげをはためかせた。「出資しているの?」

「今のところはまだですが、投資先としては非常に有望でしょうね。彼らのことはつい最近まで知りませんでした。ぼくはマドックス・ヒルの社員で、ここへはエヴァにくっついてきたんです」

「じゃあ、あなたたちは……そういうご関係?」

「ぼくは警備のためにいるだけなので」ザックはそう答えるにとどめた。

しかしカリスタの追及は続いた。「ああ、そう。あなたがかたときも彼女のそばを離れないのもそのためかしら？」

ザックは、ぐっと奥歯を噛《か》みしめた。「ええ、そういうことです」

カリスタがいちだんと華やかな笑みを浮かべた。そして、するりとザックのそばへ寄ってきた。「じゃあ、あなたはシアトルにお住まいなのね？」

ザックがうなずくと、カリスタは満足そうに吐息をついた。

「わたしたち、向こうにも家があるのよ。ピュージェット湾に小さな島をひとつ持ってるの。シアトルからだとボートですぐよ。それはもうすばらしいところ。見渡すかぎりの海と木々と鳥たち。わたしはよく行くんだけれど、トレヴァーはあのとおり仕事人間でしょう？　全然つき合ってくれないの」そこでザックの腕に手を置いた。「来週からまたしばらく島に滞在するつもり。マドックス・ヒル財団のガラパーティーに出席するから」囁《ささや》き声で、彼女はさらに続けた。「どうぞ遊びにいらして。迎えのボートを出させるわ。決まったら知らせてちょうだい」

ザックは、自分の袖の上にあるほっそりした手を見下ろした。爪は完璧に彩られ、高そうな指輪やブレスレットがたくさんくっついている。そこでふと気づいた。自分はこの女性が好きではない。

確かに彼女は美しい。男なら誰だってそう思うだろう。だが、自分を虜《とりこ》にするのはエヴァの輝きなのだ。エヴァはただ美しいだけじゃない。その美しさには深みと人間らしさがある。

カリスタにどう応じるべきか、ザックはわからなかった。もっともらしい社交辞令をさらりと口にできるような才はない。いっそのこと単純な真実を告げようかとも思ったが、この場合、あまりにも無作法すぎて口にはできない。夫にほったらかされて新鮮な肉を漁《あさ》るトロフィーワイフに興味はない、などとは。

それとも、いちばん身も蓋もない事実を白状するかだ。申し訳ないけれど自分は別の女性にぞっこんなので、と。ああ、いったいどうすればいい？

「あら、カリスタ」エヴァの声がしたのでザックは振り向いた。彼女は微笑《ほほえ》んでいたが、その表情にいつものぬくもりはなかった。「何かお気に召すものがありました？」

「ええ、ええ」カリスタは満足そうに答えた。「とっても気に入ったわ」

女同士がにっこり笑い合った瞬間、ザックには剣と剣がぶつかり合う音が聞こえた。場の緊張をやわらげたい一心で言う。「ウィルバーとボビーが彼女に、アーバスキュラー菌根菌接種による土壌安定化についてレクチャーしていたんだ」

「そうなのよ。すごい勢いで教えてくれたわ」カリスタはくすくす笑った。「だけど、お団子のたとえを使ったザックの説明がいちばんわかりやすかった。彼はとっても優秀な広報マンね。あなた、彼に報酬を払ってこういう役をやってもらえばいいじゃない。そうすれば小難しい科学だって、わたしたちみたいな一般人に身近になるんじゃないかしら」

「彼は高給取りですもの、とてもうちでは雇えません」エヴァははっきりと言った。「忙しい人ですし。なにしろマドックス・ヒルの最高幹部ですから。副業だの科学プロジェクトだのに割く時間はないんです」

「あら、そうなの？　あなたのボディガードはできるのに？」カリスタは白々しく目を丸くしてみせた。

ザックは口を挟んだ。「これは特別な事例なので」

「そうでしょうねえ」カリスタはつぶやいた。「すごく特別よね」そして小ぶりなバッグからカードを出すと、ザックのスーツのポケットに差し入れた。「さっきの話、もしその気になったら連絡してちょうだい。またね、エヴァ。ウィルバーとボビーに伝えておいて、トレヴァーともども今夜は応援してるって」

「必ず伝えます。ありがとうございます」

カリスタの姿が角の向こうへ消えたとたん、エヴァの笑顔も消えた。彼女はザックのほうへ向き直った。

妙な間が空いたが、やがてエヴァは口を開いた。「カリスタとなんの話をしたの？」口調はさりげないが、まなざしはまったく違った。

「別に、たいした話じゃない」ザックは言葉を濁した。「彼女がボビーとウィルバーにアーバスキュラー菌根菌について質問したんだが、二人とも固まってしまった。原因は彼女の胸の谷間か香水か、あるいはその両方かもしれない。ぼくがちょっとアシストしたら二人ともしゃべりだして、あとはもうすっかり大丈夫になった。なかなか楽しい経験をさせてもらったよ」

「さぞ楽しかったでしょうね」

その言葉にザックはかちんと来た。「それはどういう意味だ？」

「あら、別に」軽い調子でエヴァは答えた。「あなたには心から感謝してるわ。ウィルバーとボビーに調子を取り戻させてくれてありがとう。本当ならわたしがフォローしなきゃいけなかったのよね。あの二人の頭はね、カリスタ・ウェクスフォードみたいな女性を前にしてまともに働くようにはできていないの」そこでわずかに間を置いた。「こう言ったら失礼かもしれないけど、あなたも同じみたいね」

ザックは呆気《あっけ》に取られて彼女を見つめ返した。「いったい何を根拠にそんなことを？」

「いいの、いいの」エヴァは首を振った。「あなたは自由の身だもの。ポケットの中のカード、好きにするといいわ。でも、カリスタのことはずいぶん前から知ってるんだけど、彼女、狙ったものは人の顔を踏みつけてでも手に入れる人よ。ねばねばした蜘蛛《くも》の巣に迷い込むのは結構だけど、それを忘れないで」

「ぼくは誰の、どんな巣にも迷い込むつもりはない」ザックは唸《うな》るように言った。「そんな警告は不要だ。的はずれでもある」

「あら、ごめんなさい。それは失礼しました」エヴァはつぶやいたが、後悔しているようには見えない。「あ、わたしを呼んでるみたい。じゃあね」それだけ言うと、さっさと行ってしまった。

すぐにザックも後を追って歩きだした。アップスタイルにした蜂蜜色の髪が人混みに見え隠れする。彼女が行き着いた場所には、デザート・ブルームにとって有望な投資家たちが集まっていた。トレヴァー・ウェクスフォードとクレイグ・レディングもその中にいる。

ザックが人をかき分けて近づこうとしていると、クレイグがこちらに気づいた。小馬鹿にしたような笑いがその顔をよぎる。と、エヴァが足をもつれさせてバランスを崩すのが見えた。クレイグがその腕をつかむ。そして、ザックから遠ざけるように彼女をどこかへ引っ張っていった。どういうことだ？

ザックは足を速めた。本当は人を張り倒してでも走りだしたかった。クレイグとエヴァを追って隣の部屋へ入ると、そこにはテーブルがぎっしり並んでいて、人の数は展示会場ほど多くなかった。

ひとけのない隅のほうへエヴァを連れていったクレイグは、近づくザックを見て、さも驚いたように言った。「おやおや、番犬ザッキーに嗅ぎつけられたぞ」

「その手を放せ」

エヴァがこちらを向いて目を見開いた。「ザック、やめ――」

「大げさだなあ、ザッキー」クレイグはにやにやしながら両手を上げた。「お手柔らかに頼みますよ」

「彼女から離れろ、今すぐに」

「ザック！」エヴァの目に恐怖の色が浮かぶ。「落ち着いて！　クレイグのことは十年も前から知ってる。一緒に学校へ通った仲よ。危険でもなんでもない。落ち着いてってば！」

「そうだよ、ザッキー」クレイグが嘲笑《あざわら》った。「危険なわけがない。ぼくたち、一緒にランチに行こうとしてるだけなんだから」

「彼女はボディガードなしではどこへも行かない」

「冗談だよね？」クレイグは信じられないといった顔でエヴァをちらりと見て、すぐまたザックに目を戻した。「心配いらないって。ランチをとりながら旧交を温め、未来の可能性について語り合うんじゃないか。何が起きるっていうんだよ」

「何も起こさせはしない」ザックは言った。「ぼくが見張っているんだからな。相手がきみであれ誰であれ」

「くだらないパワーゲームみたいな真似《まね》はやめて。ばかばかしいったらないわ！」エヴァが激しい口調で言った。「何度も言ったけど、あなたとランチに出かける時間はないのよ、クレイグ。ブルーム兄弟のそばにいなきゃならないの。お客さんとの橋渡し役として、彼らにはわたしが必要なのよ。そしてザック、あなたは余計な口出しをするのをやめてちょうだい」

クレイグを見すえたままザックは言った。「いいや、やめない。やめるものか」

「この男はなんなんだ？」クレイグがエヴァに向かって声を荒らげた。「きみの番犬か？それとも恋人？」

エヴァはたじろぎ、唇を固く結んだ。「あなたには関係ないでしょう。放っておいて」

「そうか！」大発見をしたような調子でクレイグが言った。「気の毒に、こいつは自分でもわかってないんだよ、番犬なのか恋人なのか。きみが思わせぶりな態度を取るから、勘違いしてるんじゃないのか？」

「わたしを怒らせないで、クレイグ。もう行って」

「なんだよ、すれっからしが」クレイグは舌打ちをした。「ぼくを邪険に扱ったらろくなことにならないぞ」

どうやって移動したのかザック自身に記憶はなかったが、気がつけばクレイグ・レディングと至近距離で向き合っていた。いつの間にか相手のシャツの襟をつかみ、その体を壁に押しつけていた。クレイグは両足を宙でばたつかせ、真っ赤な顔で目を剝《む》いている。

「彼女に謝れ、クソ野郎」ザックはクレイグを揺さぶったが、彼は咳《せ》き込みながら身をよじるばかりだ。「ほら、謝れよ」

エヴァが何か叫んでいるようだが、耳の奥でどくどく脈打つ心臓の音が大きすぎて、その声はやけに遠かった。ふと気づくと、彼女に肩や胸を叩《たた》かれ、クレイグの胸ぐらをつかむ手を引っ掻《か》かれていた。

「手を離して！　ザックってば！」

エヴァにあんな言葉を投げつけた男だ。ふたたび床に立たせるためには、本能に激しく抗《あらが》わねばならなかった。こんなやつは、とことん叩きのめされてしかるべきなのだ。

しかし、場所が悪い。タイミングもまずい。このままショーを続けても、こちらが得るものはない。

ゆっくりと息を吐くと、ザックはクレイグを床に下ろし、一歩後ろへ下がった。

クレイグは前のめりに倒れかけたが、両手を膝に突っ張って背中を丸めると、ゲホゲホと咳き込んだ。

エヴァが彼の肩に手を置いた。「クレイグ、大丈――」

「触るな！」クレイグは彼女の手からさっと逃れた。憤怒《ふんぬ》に顔を赤黒く染めて、ザックに指を突きつける。「このけだものが！」

「人間のクズよりましだ」

クレイグは新たな怒りに声を震わせた。「狂犬は綱につないでおくんだな、エヴァ！」

「もう行って」固い声でエヴァが言った。「お願い。これ以上騒ぎを大きくしないで」

口汚い捨《す》て台詞《ぜりふ》を吐きながらクレイグは立ち去った。

エヴァがくるりとザックのほうを向いた。「今のは何？　二度とこういうことはしないで！」

「きみには何もしていない。あいつにしたんだ。あいつがきみを侮辱したから」

「助けてもらわなくても自分で闘える」

「そうか？　だったらどうして最初に問題が起きたとき、ぼくに相談を持ちかけた？　自分で闘えたんじゃないのか？」

「それを言うのは卑怯《ひきょう》よ」エヴァの口調が鋭くなった。「荒らしの話はこれとは別でしょう。あなたがここにいるのはわたしの身の安全を守るためであって、名誉を守るためじゃない。それに、そもそもはあなたがどうしてもと言ったからで、わたしからは頼んでいないわ。クレイグはわたしの身の安全を脅かす存在じゃない。すぐに卒倒するヴィクトリア時代の乙女じゃあるまいし、自分の名誉ぐらい自分で守れます」

「あいつはきみを愚弄した。許すことはできない」

「あなたに決めてもらわなくて結構！」エヴァは声を高くした。「わたしはそこまでひ弱じゃないから。面と向かって侮辱されれば、それ相応の対処をするわ。保護者づらするのもいいかげんにして。わかった？」

ザックは無言で彼女を見つめ返した。

エヴァが目を見開いた。「どうしたの？　ここは、もう二度としませんって約束するところでしょう」

「守れると確信できない約束はしない主義だ。今度あのクズ野郎がきみを侮辱したりぼくを挑発したりすれば、ぼくはあいつの顎を砕くかもしれない。そうしないという約束はできない」エヴァが口を開こうとするのを、ザックは手を上げて制した。「最後まで言わせてくれ。あいつは心のさもしい臆病者だ。そんな事態にはたぶんならない。死にたくないだろうから、もうぼくには近づこうとしないはずだ」

きみにも。ザックは心の中でつぶやいた。

エヴァは苛立《いらだ》たしげにため息をついた。「あなたのネアンデルタール人ごっこにつき合ってる暇はないわ。仕事に戻らなきゃ。邪魔はしないで。いい？」

「よくわかってるさ。きみの邪魔はしない。ほかの人間にもさせない。そのためにぼくがいるんだ。有象無象《うぞうむぞう》を追い払う、それがぼくの特技であり使命でもある」

エヴァはザックを睨《にら》みつけた。「全然懲りてないわね？」

「ああ、まったく」ザックはそれだけ答えた。

11

てんてこ舞いだった午後、エヴァがザックと言葉を交わす機会は一度もなかったが、彼の存在はいやでも意識しないわけにいかなかった。どこにいようが数歩先には巨像のごとくザックが立ちはだかっていて、人々は恐る恐る彼を迂回《うかい》して歩くのだった。

晩餐会《ばんさんかい》と授賞式の支度をするため、アーネストやブルーム兄弟と共にホテルの部屋へ向かっている今も、ザックが周囲に投げる視線の鋭さはまったく変わらない。一行に従って静かに歩く彼のかたわらで、エヴァは懸命にブルーム兄弟を励ましていた。人と交わりっぱなしの二日間は彼らにとって相当な負担だったらしく、二人とも疲労困憊《こんぱい》といった体で青い顔に脂汗を滲《にじ》ませ、目は虚《うつ》ろ、手をぶるぶる震わせている。

「三十分後に迎えに行くわ」エヴァはウィルバーの肩を軽く叩《たた》いた。「リラックスして。あなたたちはすごいんだから。わたしが保証する」

「でもぼく、ネクタイ結べないよ」ウィルバーが泣き言を漏らす。「ボビーなんてぼくより下手だし。スーツの下はTシャツじゃだめかな？　いちおう黒だし。ボタンダウンシャツは嫌いなんだ」

「今夜はだめよ、ウィルバー。シャツを着て。お願いだから」エヴァは声に力を込めた。「ゆったり構えていればいいの。あなたたちの画期的なプロジェクトはみんなの度肝を抜いたわ。だって、歴史の流れを変えるプロジェクトだもの。いい？　あなたたちが売ろうとしているものはね、値段がいくらであろうと万人がこぞって欲しがるものなの。それは、そう、未来への希望よ。子や孫に手渡せる、より健やかで、より豊かな地球。あなたたちは世界中の人々の要望にこたえてるのよ。だから堂々としていればいい。胸を張って、顔を上げるの。人類の夢を実現させる男たちらしく」

「うん……わかった」ボビーは言い、広い額の汗を拭った。「だけど……ネクタイはどうすればいい？」

「ザックが手伝ってくれるわ。ね、ザック？」

「もちろんだ」ザックは大きくうなずいた。「任せてくれ。ネクタイの結び方は十歳のときにおじいちゃんから習ったんだ。今夜はビシッと決めようぜ。賭けてもいい、大賞はきみたちのものだ」

ブルーム兄弟と同じ階でエレベーターを降りたアーネストが、彼らを急《せ》き立てるようにして歩きだした。

「三十分後よ」エヴァは大きな声で言った。「ボタンダウンシャツを着てね、ウィルバー！　あと、水を飲みなさい。二人ともよ！」

エレベーターのドアが閉まった。ザック・オースティンと二人きりだと思うと、エヴァはひどくそわそわした気分になった。これではボビーやウィルバーと変わりない。

ザックが気遣うような視線を向けてきた。「まるで自分のことみたいに一生懸命だな」

「それはそうよ。これが一生懸命にならずにいられる？　わたしたち、同志なのよ。大学一年のときからのつき合いなんだもの。あの二人はわたしにとって、手のかかる弟みたいなもの。あれほどわたしの助けを必要とするクライアントはいないわ」

「ジェンナは？　アームズ・リーチのためにもずいぶん骨を折ったんだろう？」

エレベーターが停止してドアが開いた。並んで歩きながら、エヴァは彼の問いについて考えた。

「あの件とこの件は同じじゃないわ。ジェンナは、彼女自身がブランドの顔として完璧だもの。わたしはただ彼女のプロジェクトにエネルギーを注入しただけ。彼女が義手の設計に、より多くの時間を費やせるようにね。ジェンナの場合、必要とあらば自分でいくらでもしゃべれるけど、ブルーム兄弟はそうじゃない。誰かが世間との橋渡し役をしてあげないと、彼らはきっと痛い目を見る」

「それがきみなんだな」

「誰かがやらなきゃ。世界が彼らの才能を必要としてるのよ。社交下手なんて理由で、こんなチャンスをふいにさせてたまるものですか。それとね、彼らが人に利用されたりだまされたりするのを阻止するのもわたしの仕事。そんなことをしようとする人が現れたら、ただじゃおかないから」

ザックの顔に笑みがよぎったので、エヴァは身構えた。

「何がそんなにおかしいの？」

彼はエヴァの部屋の近くで足を止めた。「ちっともおかしくなんかないさ。ただ、きみほどの人にここまで肩入れしてもらえるのがどんなに幸せなことか、ブルーム兄弟がわかっていればいいなと思ってね」

その言葉に顔が熱くなった。「それはどうも……ありがとう」

バッグの中で着信音が鳴り、エヴァはスマートフォンを取りだした。アーネストが新たな難局に直面したかと危惧したが、それは兄からのメールだった。

〝久しぶり。明日そっちへ帰るよ。マルコム伯父さん、ヴァン、ソフィーも明日帰国とのこと。ガラパーティーには必ず全員出席すべしとベヴからお達しが下ったんだ。ジェンナがおまえによろしくって。空港に着いたら連絡する。それじゃ、また〟

エヴァは顔を上げてザックを見た。「兄さんも伯父さまも、みんな明日帰ってくるんですって」

ザックの表情は変わらなかった。「それはよかった。ネット・ハラスメントの問題が解決するまでは、できるだけたくさんの人間がきみのそばにいたほうがいい。みんなでがっちり守りを固めるんだ。次は二十分後でいいか？　式場入りの前に、あの二人のネクタイを結ぶ時間が必要だろう。支度ができたら中のドアをノックしてくれ」

「わかったわ」

部屋に入ると、ひと休みしたくなった。だが、そんな贅沢《ぜいたく》は許されない。勝負服に着替えて戦闘態勢を整える時間はわずかしかないのだ。長年のお気に入りであるミッドナイトブルーのシルクのドレスは、身頃だけが黒のベルベットで襟が大きく刳《く》られている。着てみると、いつもより少しゆとりがあった。このところのストレスで食欲が落ちているせいだろう。髪はゆるやかなアップスタイルにして、顎のまわりに後れ毛を幾筋か出した。メイクをいくらか濃くして黒のハイヒールを履き、ブルーのシルクと黒いベルベットが接ぎ合わされたストールを羽織る。完成した姿を、第三者の目で確認した。

まあ、こんなところだろう。口紅が深紅だから肌の青白さが目立つし、瞳は不安げに翳《かげ》っているけれど、今夜のところはこれが精いっぱいの武装だ。

イブニングバッグにカードキーを入れると、エヴァは隣室との境のドアをノックした。

ザックがドアを開けた。細身のダークスーツに身を包んだ彼はいちだんと大きく、堂々として見え、すばらしくハンサムだった。その顔に驚いたような表情を浮かべてエヴァを見下ろしている。

「何？」気詰まりな沈黙が長く続いたあと、エヴァは問いただすような口調で言った。

「どこかおかしい？　口紅がはみだしている？　頭がふたつある？」

「いや」ぶっきらぼうに彼は答えた。「なんでもない。行こうか。ボビーとウィルバーを手伝う時間がなくなってしまうといけない」

エヴァは背筋を伸ばすと、心の中で鬨《とき》の声をあげた。いざ、出陣。ブルーム兄弟のために闘う闘士エヴァ・マドックス、必ず勝利をもぎ取るわよ。

世界中のみんな、見ていなさい。

パニックの沼に落ちかけていたボビーとウィルバーを救出するのは、ザックが思っていたほど簡単ではなかったが、ここでもエヴァが奮闘した。兄弟のもじゃもじゃ頭は、アーネストが自分のヘアワックスを駆使してポニーテールに整えた。最後に起きた緊急事態はウィルバーの発作的な大量発汗で、ぎりぎりになって新しいシャツに着替える必要が生じてしまった。

そんな中でブルーム兄弟の世話を焼きつづけるエヴァの手腕に、ザックは感服した。緊張のあまり騒ぎ立てる彼らの気持ちを落ち着かせると同時に自信も持たせている。ザックが二人のネクタイを締めるあいだも、なだめるように励ますように、エヴァはそれぞれの肩を叩きつづけていた。

人で埋め尽くされた大宴会場に入ってまず目を引かれたのは、アート作品と見紛《みまが》う巨大なシャンデリアだった。ぶら下がる無数のプリズムと切り絵風ランタンが、ゆっくり回転しながら金色を帯びた光を振りまいている。光のパターンは様々に変化して、まるで部屋全体が万華鏡のようだった。エヴァを引き立てる舞台としては申し分ないとザックは思った。実際、彼女はすでに金色のオーラをまとって輝いていた。まとっているといえばあのドレス……絶妙な曲線にぴたりと沿ったまま落ちないのには、何か仕掛けでもあるのだろうか。女性とはなんと謎多き生き物だろう。ばかみたいにぼうっと見とれてしまわずにいるのが難しい。

料理は、一般的な大規模パーティーの基準に照らせばなかなかのものだった。ディナーが終わると場内が暗くなり、ショーの時間になった。ドラムとギターとボーカルで構成されたバンドの演奏が始まる。着古しただぶだぶの黄色いジャージの上下を身につけた青い髪の娘が、細い声で歌いだす。歌詞もメロディも暗いが、一般受けしそうなバラードだった。孤独、憂鬱、誤解、無視、憤慨。今のザックが耳を傾けたいメッセージとは言いがたかったが、少なくともステージに目を向けているあいだは、エヴァの胸元を凝視せずにすむ。

しかし、たとえザックがそうしていたとしても、エヴァが気づいたとは思えなかった。彼女は冷ややかにこちらを無視したまま見向きもしない。共に過ごした夜のことで、わだかまりを抱きつづけているのだろう。と、ちょうどそのとき、悪い冗談かと思うような歌を青い髪の娘が歌いはじめた。彼はわたしと寝たことを後悔しているみたい、わたしたちはもうおしまい、という主旨の歌を。

すばらしい。気まずさを入れるためのザックのコップは、とうとう満杯になってあふれた。

来賓のスピーチが始まった。フューチャー・イノベーションと多少なりとも関わりのあるお偉方が次々と登壇する。上院議員、映画スター、大学総長、経済界の大物たち。型どおりの挨拶が延々と続いた。

ようやく司会者が、いよいよ大賞の発表です、と宣言し、プレゼンターを壇上に招いた。配信で大人気の科学番組に出演している生物学者、ポーシャ・ラ・グラスタだ。スパンコールをちりばめたカフタン風ドレスを着た彼女が、灰色の長いドレッドヘアを揺らしてステージに上がり、六組の候補者を紹介した。それぞれにつき二分ずつ、プレゼンテーション・ビデオが流れる。

これは見ごたえがあった。海水淡水化における問題点の画期的解決方法、最先端の植物組織培養技術、拡張性《スケーラビリティ》のある水素燃料車、高い効率を誇る砂漠のソーラーファーム。ブルーム兄弟にはすばらしい仲間たちがいる。

そしてついに、ポーシャ・ラ・グラスタが大ぶりの封筒を高く掲げた。「では、フューチャー・イノベーション大賞を発表いたします。わたしたちの世界をよりよいものに変えてくれるに違いない、最も前途有望な革新的科学技術と認められたのは……ボビー・ブルームとウィルバー・ブルームによる、デザート・ブルーム・プロジェクト！」

エヴァがさっと立ち上がって悲鳴のような歓声をあげた。ブルーム兄弟が飛び上がり、吠《ほ》え、跳ねまわり、二人で抱き合った。あたりは大騒ぎだ。グラスが倒れようがワインがこぼれようが誰も気にしない。ボビーとウィルバーが弾《はじ》ける笑顔で歩を進め、ステージに上がった。ポーシャ・ラ・グラスタと司会者が彼らをハグして、ウィルバーに盾を手渡した。ボビーがマイクに歩み寄り、震える手で眼鏡の位置を直した。

「あの、ええと……まずはラボのみんなと、このプロジェクトを可能にしてくれたマドックス・ヒル財団に、お礼を言いたいです」声も感激に震えている。「そして、ぼくたちの友人でもありますが、広報、宣伝を一手に引き受けてくれた、ブレイズンPR&ブランディングのエヴァ・マドックスに、心からの感謝を捧《ささ》げます。彼女がぼくたちの取り組みをいろんなところで語ってくれたおかげで、いろんな人に話を聞いてもらえて……しかもそれは、ぼくたちが研究を始めたばかりの頃から、ずっとで。エヴァがいてくれなかったら、こんな日は絶対に迎えられませんでした」

「彼女は最高です」ウィルバーがマイクのほうへ体を傾けて言い、盾を持つ手を突き上げた。「これはきみのものだよ、エヴァ！　ありがとう！」

客席に温かな笑いと歓声が渦巻いた。会場をぐるりと一周したスポットライトが彼らのテーブルの上で止まり、エヴァの姿を照らしだした。まばゆい光の中でも彼女は堂々としていた。目を潤ませ、にこにこ笑いながら手を叩いている。エヴァがブルーム兄弟に投げキスを送ると、慈悲深い女神のような優雅なしぐさに会場がどよめき、また拍手喝采が巻き起こった。

当然、その後はエヴァとブルーム兄弟のもとへ人々が押し寄せた。授賞式のプログラムがすべて終わったあとも、祝福の言葉や名刺や、へつらい混じりの挨拶などを次々に受ける様子を、ザックはかたわらで長いこと見守っていた。

その中にはトレヴァー・ウェクスフォードの姿もあった。カリスタも一緒だ。ピカピカの金属片をまぶしたような、肌と見紛う色のタイトなシースルードレスを着ている。胸元の開き具合はエヴァのドレスの比ではない。つまるところ、光る裸体を見ているような気にさせられるドレスなのだが、それはそれで彼女には似合っていた。まあ、エヴァに目を奪われっぱなしの自分には、その価値はよくわからないが。そんなザックの様子にカリスタはもちろん気づいているだろう。

ずいぶんたってから、ザックは一行を引率するような格好でエレベーターに乗り込んだ。ブルーム兄弟は興奮冷めやらぬ様子で機関銃のようにしゃべりつづけている。

「大物投資家がこぞってぼくらに投資したがってるよ」ウィルバーが勢い込んで言った。「来週、ウェクスフォードと面談するんだ！　ほかにも四組が待機してる！」

「くれぐれも用心しなさい」エヴァが言い聞かせる口調になった。「投資家は捕食動物よ。うかうかしてたら骨までしゃぶられるんだから」

ボビーが自信たっぷりに答えた。「そうはさせないよ。きみのおかげでぼくたちには優秀な弁護士が何人もついてくれてるんだからさ」

エレベーターの扉が開いた。彼らが最後にもう一度、感激のハグをし合うあいだ、ザックは足を出してドアが閉まるのを阻止していた。やがて、閉まるドアの向こうにアーネストとブルーム兄弟の姿が消え、エヴァとザックは二人きりになった。息づまる沈黙を乗せてエレベーターが上昇する。

部屋へ向かって歩きながら、ザックは思いきって口を開いた。「あの二人が、ちゃんときみへの感謝を述べられる状態でいてくれてよかった。ボビーがマイクを握った瞬間、ぼくは身構えたね。彼が何を口走ってもおかしくないと思ったんだが、心配は無用だった。とてもいい挨拶だった。端的で愛情がこもっていて、言葉も適切だった。きみのがんばりが報われたな」

エヴァは肩をすくめた。「ありがとう。でも、わたしは原石を磨くだけよ。わたし自身に価値があるわけじゃない」

「大ありに決まってるじゃないか。ブルーム兄弟に関しては特にそうだ」

エヴァはカードキーでドアを開けると、ザックを手招きした。速まる鼓動を意志の力で抑えようとしながら、彼女に従って中へ入る。心臓は指示を無視するばかりだった。

エヴァがイブニングバッグを置いた。「あなたに褒められるのはなかなかいい気分。この二日間、あんなだったのにね」

「あんなとは？」

エヴァの眉が上がった。「知らないふりはやめて。あなたはこの二日間ずっと、氷みたいに冷たくて非難がましい視線を飛ばしつづけていたじゃない。仕事に集中できなくて困ったわ」

「それは悪かった」ザックは固い声で言った。「困らせるつもりなんてさらさらなかったんだ。そもそも、ぼくがきみを非難するわけがない。非難するどころか、むしろ逆だ」

「よくそんなことが言えるわね。クレイグとのあれはなんだったの？　二日間、わたしを睨《にら》むばかりでまともに会話しなかったのはどういうわけ？」

ザックは拳を握りしめた。「エヴァ」声を絞りだすようにして低く言う。「それは酷な質問だな。ぼくだって、なんとかして自分自身を守らなきゃならないんだ」

エヴァは途方に暮れたように両手を投げ上げた。「守るって、何から？」

「きみからだ」思わず口走った。「もう何年も前からそうしてきた。それをずっと続けるべきだったのに、できなかった。屈してしまった。その結果、案の定、このていたらくだ」

エヴァのストールが、静かな音をたてて床に落ちた。

「ぼくはきみとベッドを共にするべきじゃなかった」ザックは続けた。「自分の性分はわかってる。格好をつけるのは無理なんだ。全然たいしたことじゃないなんてふりはできない。きみにとって一夜かぎりの出来事だったのは理解している。頭じゃわかっていても、心は別なんだ。全部かゼロか、どちらかじゃないとぼくはだめなんだ」

「まるでわたし、魔性の女みたい」

「ぼくにとっては、そうだ。初めて会ったときからぼくはきみに夢中だった。きみだって気づいていただろう。気づかないわけがないぐらい、ぼくの態度はあからさまだったと思う」

「そんな……」エヴァは口ごもった。「わたし……知らなかったわ。まったく気づかなかった」

ザックは苦々しい口調になった。「本当に、身のほど知らずもいいところだ。こっちはきみの兄さんとイラクで一緒だったというだけの男で、きみは言ってみれば、マリー・アントワネットだというのにな。本当にばかな真似《まね》をしたと思うが、取り消すわけにもいかない。二人とも気まずさを抱えてしまったが、それでも日々は続く。シアトルへ戻ったら、お互いこのことは忘れて次へ進むしかない」

「ザック、わたしは――」

「余計にいやな思いをさせてしまったのなら、申し訳ない。もう行くよ」

ザックは自室との境のドアへ向かおうとした。が、エヴァが飛びついてきて、手首をつかんだ。

「待って。あなたは誤解してる。わたしは次へ進みたくなんかないの」

ザックの心臓が三回連続宙返りをし、そのあとすさまじい速さで鼓動しはじめた。

エヴァの華奢《きやしや》な手はザックの手首をつかんで離さない。指は手首に回りきらないのに。

そして、彼女の目は涙で濡《ぬ》れている。どういうことだ？　何がどうなっている？　ザックは戸惑うしかなかった。

「エヴァ」どうにか口を開いた。「いいんだ、無理しなくても。わかってる。きみを困らせるつもりはない」

「いいえ、あなたはわかってないわ、ザック。なんにもわかっていない」

「どういうことだ？　はっきり教えてくれ」

「わたしが……どれほど求めているかってこと」エヴァの声が震え、途切れた。「だけど、求めてはいけないの」

「求めている？　ぼくをか？」ザックの頭はすっかり混乱していた。「だとしたら、なぜそうしていけないわけがある？　こうやってぼくはきみの前でひざまずいている。何をためらう必要があるんだ？」

　破れかぶれにも感じられる口調でエヴァは言った。「わたしのせいよ。あなたはなんにも悪くない。悪いのは……わたし」

　ザックはしばらく無言でいた。「そいつは男を振るときの決まり文句だ。その台詞《せりふ》が誰かの慰めになったためしはない」

「あなたを慰めようと思って言ったわけじゃない。全然違うわ。まずはわたしの話を聞いて」

　ザックは口のファスナーを閉めるジェスチャーをして、手振りで彼女を促した。

　エヴァは体の前で両手を握り合わせると、指が白くなるほど力を込めた。「あの朝、起きたこと……あれが毎朝なの。毎朝、わたしはあんなふうになるのよ」

「つまり――」

「ボロボロになる。深夜と早朝がとにかくだめ。気持ちがひどく落ち込むの。昔からよ。少しでも眠ろうものなら悪夢を見て悲鳴をあげる。たいていは両親の乗った飛行機が落ちる夢」そこでエヴァは言葉を切り、声の震えを抑えようとした。

「あの日も、見たのか？」

「そう。ひどい夢だった。悲鳴はかろうじてあげずにすむこともあるけど、涙は止められない。悲鳴も涙も、ベッドを共にした相手からしたら興ざめもいいところよね。たとえ悪夢を見なかったとしても、目覚めたときの気分は変わらない。そばに誰がいようとおかまいなしに不機嫌をまき散らす。どうしても隠せないの。コントロールできない」

ザックは続きを待った。「それはどんな気分なんだろう。聞かせてくれないか」

ためらいがちにエヴァは口を開いた。「潮が引いていくみたいな感じなの。すごく大事な何かが遠ざかっていくのに、止められない。わたしは岩場でおろおろするばかり。あの状態の自分を人に見られるのはたまらないし、そばにいるのが誰であれ迷惑をかけたくないの。あなたには、特に」

ザックは小さくつぶやいた。「苦しかっただろうな」

「同情はいらない」エヴァの口調が激しくなった。「わたしは恵まれていると思うもの。健康で、家は裕福で、甘やかされて育ったと言っていいぐらいだし。気にかけてくれる家族や友人がいて、好きな仕事があって。とてもありがたいことだと思ってるわ。誰に言われなくてもわかってる」

「そんなこと、言うつもりなんてなかった。誰かに打ち明けたことは?」

「あるわ。いろんな方法を試してみた。心理療法も薬物療法も。どれもたいして効果はなかった。運動はいくらか効いたわ、仕事に追われることも。動きまわっている日中は大丈夫だったから。ときどき思うの……長期にわたる詐欺を働いてるみたいな人生だなって。世間のみんなに元気で明るい顔ばかり見せて、いきいきと仕事をして」

「ひどく疲れそうだ」

「それは、もう」エヴァは深くうなずいた。「でも、問題は夜よ。夜中に目が覚めたらごまかせない。そんなわけで、恋人なんてもう何年もいないわ。デートするまではよくても、そのあと……あっけなく終わりよ」

「気の毒に」ザックは、そっと言った。

「なぜかしら、あなたとだけは、これで終わりたくないと思ったの。初めての気持ちだった。だけどあなたは詐欺に引っかからないものね、ザック。昼間であっても、わたしはあなたをだますことはできない。あなたといると自分が丸裸になったような気がしてくるの。あなた相手に隠し事はできないわ」

「しなければいい」ザックはあっさりと言った。

「やめて」エヴァはつぶやいた。「あなたは自分が何を言ってるかわかってない」

「じゃあ、教えてくれ。じっくり聞かせてもらおうじゃないか」

「もう聞いたでしょ。本当に、きれいな物語なんかじゃないのよ」

「きみはきれいだ、エヴァ。苦しんでいてもボロボロになっても、きれいだ。勇敢で、タフだ。きみの前ではいつも、ぼくは言葉を失ってしまう」

エヴァはかすかに笑みを浮かべてかぶりを振った。「わたしに言わせれば、あなたはとても口が上手な人よ、ザック」

今度はザックが彼女の手首をそっと握った。

「エヴァ」腰をかがめて、小さな手の甲に唇を押し当てる。「もし今、背後にプールがあったら、ぼくはきみを引きずり込んで気絶するようなキスをしただろう」

エヴァの口が開いた。何か言おうとしているが、声は出ない。目はまん丸に見開かれている。

「ねえ」ようやく彼女は囁いた。「プールがなくたって、それはできるかも」

12

それは一瞬のうちに始まった。

エヴァはザックの首に両手を回してむしゃぶりついた。赤ん坊を抱くように頭を支えられ優しくキスをされると、慈しまれ大切にされているのだと心から思えた。この男性から本当に求められているのだと信じられた。そして彼の熱い情熱が、エヴァの欲望をいっそうあおった。普通なら熱に浮かされたようになって、現実感が消えてしまってもおかしくない。

けれど、そうはならなかった。すべてをしっかり実感できた。すべてをザックがしっかりつなぎとめてくれていた。彼は自制心を失っていないのだ。

大きくて固いものの温度がドレス越しに伝わってくる。より強く、より近くにそれを感じたくて、片方の脚をたくましい太腿に絡ませた。それでも足りなくて、彼にぶら下がるようにして反対の脚も床から浮かせた。

ザックが承諾の代わりにかすれたうめき声を漏らしてエヴァの体を抱え上げると、両脚は彼の腿ではなく腰に回った。エヴァは必死に彼にしがみつきながら、高まりきったものにみずからの中心をこすりつけた。ヒップを持ったザックが、密着した二人の体をうねらせるように動きはじめる。

ああ、なんて気持ちいいの。エヴァは本能だけに導かれ、夢中で下半身を揺すり、喘《あえ》いだ。快感の波はどんどん高まり、やがて頂点に達して砕けた。深い悦《よろこ》びが脈打ちながら全身を貫く。

世界が波に洗われ、輝きだした。

震える脚はまだザックに巻きついたままだったが、柔らかく脱力した体を抱き上げられ、ベッドへ運ばれた。彼はこのうえなく優しい手つきでエヴァを横たえると、望みどおりの箇所に重みをかけながらわが身をそこへ重ねた。そして、ゆっくりと、淫らな律動が始まった。たちまち官能の波が立ち上がり、うねって、あっという間にふたたびエヴァを情熱の渦に巻き込んだ。

エヴァは彼のシャツをつかんで荒々しくボタンをまさぐった。「脱いで。あなたの胸に触れたいの……あなたの肌を感じたい」

「仰せのとおりに」ザックは上体を起こすとジャケットを脱ぎ捨て、手早くボタンをはずしにかかった。

その隙にエヴァは、彼を見つめたままハイヒールのストラップを手探りではずして床に放った。ズボンのベルトをもぎ取ったザックがかたわらに座る。低くうめきながらエヴァの頭に手を差し入れてピンをはずし、ほどけた髪に指を通した。それからゆっくりと肌に手を滑らせ、黒いベルベットの肩紐《かたひも》をずらして、乳房をあらわにした。

ザックはそこに顔を埋めて唇をつけた。柔らかな皮膚の上で舌が巧みにうごめく。

エヴァは彼の肩を強くつかんだ。未知の感覚が胸にあふれて息が苦しかった。光と熱と悦びが自分の中に満ちている感覚。情熱的な愛撫《あいぶ》に、乳首が固く尖《とが》って震える。やがてザックの片方の手が内腿を這《は》い上がり、丘を撫《な》で、しっとり湿った生地をくぐった。下着が取り去られ、魔法のような指が襞《ひだ》を分けて入ってくる。それはときに激しく、ときに優しく、最高の場所を探して自在に動いた。

ああ、お願い。甘い降伏のさざ波が全身を駆け抜け、脚がひとりでに開いて腰が持ち上がった。「ドレスを脱がせて」喘ぎながらエヴァは懇願した。

「だめだ」ザックはつぶやいた。「着たままのほうがいい。こんなふうに乱れているのがたまらないんだ」彼はエヴァの脚をさらに押し広げた。「すごい。絹みたいにすべすべだ」そう言うと、深く差し入れた指をリズミカルに動かす。エヴァは身をよじり、震え、悶《もだ》えた。「とても熱くて、きつい。きみがぼくを包み込んでいる。もう我慢できなくなりそうだ」

「これ以上焦《じ》らすのはやめて。頭がおかしくなりそう。あなたの全部をちょうだい。あなたはわたしのもの……わたしだけのもの。わかった？」

「きみを焦らすのが大好きだ。じゃあ、一度また超新星を見せてあげよう。そのあとさらに次のお楽しみが待っている」

エヴァは彼の顔に手を伸ばした。「超新星はあなたと一緒に見たいわ。夜はまだまだ長いから」

ザックの瞳がきらりと光った。「そうか。それなら……」

するりとベッドから下りた彼が、靴、ズボン、ソックス、下着を瞬く間に脱ぎ捨てると、見事にそそり立ったものが現れた。彼の情熱が本物であることは疑いようもなかった。

「来て」エヴァは言った。「わたしのをちょうだい」

ザックはただちに応じ、エヴァを仰向けに押し倒した。

「まずは二人で超新星」彼はつぶやいた。「それから長い長いお楽しみだ」

ザックはエヴァの脚の間で膝立ちになると、たくましいものの先を使って密《ひそ》やかな場所を愛撫しはじめた。こすりつけ、回し、突いて、引く。全身に期待を満たしてエヴァは腰を浮かせた。

深々とそれが入った瞬間、二人は同時に悦びの声をあげた。それから手と手を固くつないで、共に見つけた快楽のリズムに身を委ねた。大きく……滑らかに……力強く。聞こえるのはベッドのわずかなきしみと、互いの荒い息づかいだけ。

言葉を超え、二人がひとつに溶け合った世界。そこは危険地帯でもあった。エヴァは身も心もまったくの裸で、すべてをさらしているのだから。希望も不安も痛みも、欲望も夢も何もかも。

なのに、こんなにも安心していられる。ザックと一緒なら。

大きなものに貫かれるたび、その思いは膨らんでいった。口づけするように甘く優しく、そして淫らにそれは往復する。快感の波が押し寄せたかと思うと、さらに大きな波が次々に来る。近づく頂をザックが察知した。自身の手綱を放し、ゴールめがけて走りだす。二人の超新星がもう弾《はじ》ける。

そして、闇にひらめくまぶしい光をエヴァは見た。

13

柔らかで温かいエヴァの体を慈しむように抱きしめながら、ザックは信じられない思いで天井を見上げていた。

これは現実だ。本当に起きたんだ。何度も、何度も。そうして最後のゆったりとした交わりのあと、エヴァはしなやかに引き締まった四肢をザックに絡ませたまま、眠りに落ちた。安心しきった表情を浮かべて。

ザックは幸せすぎて、とてもこれが現実とは思えなかった。現実だと信じるのが怖かった。長い夜の気軽なお楽しみ――そういう線を狙ったものの、うまくいかなかった。まったくだめだった。一緒に昇りつめるたび、この世の終わりかと思うような強烈な感覚に二人とも襲われ、それは回を重ねるごとにすさまじくなる一方だった。

ブレーキは利かなかった。どこまで行っても果てはなかった。底なし沼にはまったかのようだった。それがまた、ぞくぞくするような悦《よろこ》びを与えてくれた。

この頭の中の壁を壊して、エヴァのための領域を広げなければ。彼女には遠慮や萎縮をしてほしくなかった。エヴァは特別な人だ。普通の人間にはできないことを成し遂げる天命の下に生まれた彼女なのだから、それをまっとうしてほしい。

エヴァ・マドックスは星そのもの。輝きを存分に放ってまばゆくきらめく彼女を、ずっと見つづけていたい。

そんな思いが次々に湧いてきて、ザックはとても眠るどころではなかった。腕の中でエヴァが身じろぎするのを感じたのは、空が白みはじめた頃だった。

自分がどこにいるのか、彼女が気づいた瞬間をザックははっきり感じ取った。気づいて、体をこわばらせるのもわかった。

さあ、正念場だ。彼女はいったいどうなってしまう？　どうなろうと、受け止める覚悟はできている。

エヴァは体を離すと、ベッドに肘をついて起き上がり、恥ずかしそうに微笑《ほほえ》んだ。「おはよう」小さな声で言う。「わたし、どれぐらい眠ってた？」

「三時間ぐらいかな。もっとかもしれない。もう少し眠るといい。まだ早いから」

エヴァは声をたてて笑った。「もちろんあなたは知ってるでしょうけど、わたしがこんなに長く眠ったなんて奇跡よ」ザックに背を向ける形でベッドに腰かける。波打つ蜂蜜色の髪が、バスルームから漏れる明かりを受けてきらめいた。

ザックは少し待ってから、思いきって沈黙を破った。「それで？　気分はどうだ？　潮は引いたのか？」

エヴァは振り向き、目を丸くして不思議そうに言った。「なんだか……大丈夫みたい。ううん、大丈夫どころじゃない。信じられないけど、いい気分だわ」

「もし、いつもみたいに苦しくなっても、ぼくは平気だ。きっとこれからもときどきはそうなるだろう。でも、ぼくには隠さないでくれ。二人で一緒に立ち向かうんだ」

エヴァがにっこり笑った。その愛らしさに、胸が苦しくなるほどだった。

「ありがとう。隠さないわ。だけど今日はすごくいい気分。自分でも驚くぐらい」

ザックの顔もほころんだ。なぜだか無性に嬉《うれ》しかった。「本当によかった」

「なぜかはわからないけど、これが続いてくれることを祈るわ」

「ぼくにはその理由がわかる」

エヴァは小首をかしげて、いたずらっぽく笑った。「ほんとにわかるの、ザック？　だったらぜひ教えてもらいたいわね」

からかうような口調も気にならないぐらい、ザックは有頂天になっていた。「ひとつ。今後よくなっていく可能性がある。ふたつ。あの現象は必ずしもきみ特有のものというわけではない。みっつ。きみはあれに縛られる必要はない。以上、いいことばかりだ。希望に満ちている」

きれいな白い歯をくっきりと見せて、エヴァがいちだんと晴れやかな笑みを浮かべた。「悪い人ね、誘惑されそう。そんな嬉しい言葉を耳元で囁《ささや》かれたら、たまらなくなるじゃない。ほんとに口がうまいんだから」

「そうかな」ザックはつぶやいた。「だとしたら、どんなやつにもひとつぐらい取り柄はあるってことだ」

エヴァは上掛けを剥ぐと、きれいな脚をザックの脚に絡めてまたがってきた。身をかがめて胸板を撫《な》でたあと、脈打つ太いものに手を伸ばす。握りしめ、その手を大胆に上下させた。「取り柄といえば……」

「もう一回?」期待を込めてザックは尋ねた。「疲れてるんじゃないか?」

「平気よ」かすれた声が魅惑的だった。「こうするのが好き」身をくねらせながらザックの腿に沿って下へ移動すると、つややかな髪が胸をかすめた。「わたしもね、ちょっとだけあなたにいいことをしてあげられるわ、ザック」

そして、熱い口がザックをとらえた。あとはただシーツをつかんで身を震わせ、喘《あえ》ぐしかなかった。

目を開けたエヴァは、何かがいつもと違うような気がした。ややあって判明した違和感の正体は、とびきりセクシーな男性の腕に抱かれていることではなかった。それも目新しいことではあるけれど。

厚い遮光カーテンの合わせ目から光が差しているのだった。まぶしいぐらいの強い光。いつものような、夜明けのほのかな明かりではない。

エヴァは寝返りを打つと目をすがめ、くしゃくしゃに乱れた髪の間からデジタル時計を見た。とたんに息をのむ。「十時十五分?」思わず叫んだ。「大変! どうしよう……信じられない!」

跳ね起きるエヴァの隣でザックが目を覚ました。「どうした? 大丈夫か? 何が起きた?」

「三時間の遅刻!」

「ああ、なんだ」ザックが目をこすりながら起き上がった。「スマートフォンのアラームをセットしてなかったのか?」

「してないわよ! するわけないでしょう? わたしはほとんど眠らないんだから! 生まれてこのかたアラームを使ったことなんて一度もない! セットのしかたも知らないん

だから！」

「ふうん。つまり、ひと晩中ぼくとベッドでくんずほぐれつしていたおかげで熟睡できたわけだな。すばらしい」

思わず、つかんだ枕で彼の頭を叩《たた》いた。「調子に乗らないで」

「心配しなくたっていい。二時間や三時間、ブルーム兄弟だけでやれるさ。彼らはフューチャー・イノベーションのスターだ。今頃は大勢のベンチャー投資家に囲まれてラブコールを浴びているだろう」

「ええ、ええ、そうでしょうとも！　弁護士の同席もないままにね。まさにそこが問題なんじゃない」

「なるほど。しかし、アーネストが一緒なんだろう？　露払いの役目ぐらいは彼にもできる」

「ええ、そしてアーネストはカリカリしてるわ、きっと。エヴァはいったい何をしてるんだって。あなたものんびりしてないで早く服を着て。そっちが服を着ていようがいまいが、自分の支度ができしだいわたしは行くけど」

「単独行動は禁止だ」

エヴァはバスルームのドアの前で足を止めた。「あのね、ザック。兄さんも伯父さまももうすぐシアトル行きの飛行機に乗るのよ。思い出した？ だからもう、策を弄しても無駄よ」

「どういう意味だ？」

エヴァはにっこり笑った。「あなたの飴《あめ》と鞭《むち》作戦は通用しなくなる、って意味」優しく教え諭す口調で言う。「少なくともわたしは、ちっとも残念じゃないけど」

「エヴァ」ザックは真顔だった。「状況は何も変わっていない。きみの安全が保証されたわけじゃないんだ」

「新しい手を考えないといけなくなったみたいね」エヴァの声がかすれた。「新しい飴とか……新しい鞭とか」視線がザックの下半身に向く。「そこにも立派な鞭があることだし」

シーツのその部分がテントのように持ち上がった。ザックが起き上がり、意味ありげに見つめてくる。

「ブルーム兄弟のことはアーネストに任せておけばいい。新しい鞭の効き目を二人で確かめようじゃないか。早いところ使わないと調子が悪くなりそうだ」

エヴァは笑いながら後ずさりした。顔はすでに火照っていたけれど。「もう、そんなことをしてる場合じゃないでしょ。その代わり、わたしにいい考えがあるわ」

ザックがにやりと笑い、エヴァの胸の鼓動は速くなった。「聞かせてもらおう」

「シアトルへ戻ったら、うちへ来て。ワインを開けましょう。キャンドルもともして、美《お》味《い》しい料理をテイクアウトして。そうだ、ゆっくりお風呂に入るのもいいかもしれない。うちのは鋳鉄の猫足がついた昔風のバスタブなの。大きいから二人一緒でも大丈夫。ぴったりくっつき合って入ればね。そうやって何時間でも話し合いましょう。今後のお互いの複雑な力関係について。なんなら……何日間でも」

「ぼくたち、何時の飛行機に乗るんだったかな」ザックの声が官能的な響きを帯びた。

「待ちきれないよ」

バスルームのドアを閉めてから、エヴァは女生徒のようにくすくすと笑った。

14

「ガラパーティーに着ていくものは決まったのか？　数あるセクシーなドレスの中のどれにするんだ？」

ザックに問われ、エヴァはレストランのテーブル越しに微笑を返した。「まだ心は揺れてるわ。ビーズ飾りのついた黒のベルベットと、スカートが大きく膨らんだ深紅のタフタのあいだで」

ザックがうなずいた。「どちらを着てもきみは最高にきれいだ。だが、ストラップレスの赤いドレス、あれはたまらない。どうして落ちてこないのか不思議だよ」

「秘密のトリックがあってね。家へ帰り着くまでは恋人にも触らせちゃいけないの」

「それは難題だな」

「帰ってからならチャンスはあるから、大丈夫。わたしもあのドレスがいちばん気に入ってるの。あの色はわたしのトレードマークみたいなものね」

エヴァはザックと指を絡め合い、二人でシェアしたレモン・プロフィトロールとエスプレッソに覆いかぶさるようにして彼のほうへ身を乗りだした。一週間ほど前に初めて一緒に食事をしたのがこの店だった。今ではここで平日のランチをとるのが、すっかり二人の定番になっている。

「仕事に戻らなきゃ」名残惜しいけれどそう言った。「ウィルバーとボビーのことをアーネストに頼んであったんだけど、手に負えないらしくてひっきりなしにメールが送られてくるのよ。例によって着るもののことで揉《も》めてるみたい。この期に及んでタキシードがどうのこうのとか。午後はそっちのフォローでつぶれそう。貧乏暇なしだわ」

「ブレイズンのオフィスを離れるときはグレッグソンも一緒だろうな？」

エヴァは片方の靴を脱ぐと、ザックのふくらはぎをつま先でなぞった。「もちろん。あなたが心配してくれてるのはわかってるけど、荒らしの連中、もうわたしに興味をなくしつつあるんじゃないかしら。ここ二、三日は何も起きていないし。きっとピークは過ぎたのよ」

ザックがエヴァの手を引き寄せてキスをした。「だが油断は禁物だ」

「わかってる。引き続き用心するわ。約束する」

「仕事が終わったら会えるかな？　どこかで一緒に食事しないか」

「うちへ来てもらってもいいわよ。もしタキシードを探し回る羽目になれば、ギルクリスト・ハウスへ戻ってる暇はないと思うから。それにその頃には、あなたが欲しくて我慢できなくなっていそうだし」

ザックが満面の笑みになった。「きみの家にしよう。何時頃になりそうか、連絡してくれ。食事をどうするかはまたあとで考えよう」

「決まりね」エヴァは笑顔で言い、エスプレッソに口をつけた。

不思議だった。あれだけ悩み事を抱えていた自分が、今は笑ってばかりいるなんて。こんなに明るい気持ちで日々を過ごしたことはなかった。ザックはベッドの中ですばらしいだけでなく、話し相手としても最高だった。頭がよくて面白くて、思慮深く、確固たる見解を持っている。映画や音楽や世の中の出来事、あらゆることについて彼とならい話が弾む。彼と料理をし、彼とベッドで戯れ、彼とコーヒーを飲むのが好きだ。彼には本当の自分を見抜かれているけれど、それでも好かれていると思う。こちらが彼を好きなのと同じように。夜になれば官能の幕間《まくあい》に熟睡し、朝は爽やかに目が覚める。おのずと笑みが浮かんで、活力が湧いてくる。

本当に、信じられない。まるで高い空を飛んでいるみたい。どうか、どうか墜落だけはしませんように。エヴァは心からそう祈った。

ザックの勤務時間中だけはヴィクラムの手配したボディガード・チームがつき、それ以外のときはザック自身が密着警護をした。つまり一日の大半を彼と過ごせるのだ。それは、考えただけで体が震え、つま先にぎゅっと力が入ってしまうぐらい嬉《うれ》しいことだった。

スマートフォンがギターリフを奏ではじめたので、エヴァはバッグに手を入れた。

「もう、アーネストったら。わかったわよ」ぶつぶつとつぶやく。「すぐに行くから」スマートフォンを引っ張りだした手が、そこでぴたりと止まった。「アーネストじゃなかった」エヴァはぽかんとして画面を見つめた。「兄さんだわ」

沈黙の中、ギターリフが流れる。何度も、繰り返し流れる。

「出るんだろう?」ザックが訊《き》いた。

「もちろん」

また流れた。

「ぼくとのこと、話すのか?」

「折を見てね」エヴァは電話に出た。「兄さん！　こっちから電話するつもりだったんだけど、まだお疲れだろうから遠慮してたのよ。もう二人とも時差ぼけから立ち直った?」

「全然」ドリューが答えた。「まだ月面を歩いてるみたいな気分だ。それでもおまえに腹を立てられる程度にはまともだよ」

エヴァは天井を仰ぐと、静かにため息をついた。「今度は何がお気に召さなかったのかしら」

「ネットで誹謗《ひぼう》中傷されていることを、なぜ黙っていた」激しい口調だった。「ソフィーから今朝聞いた。ザックが手配したセキュリティ・チームから彼女に報告があったそうだ。なぜ早く言わないんだ！」

「ハネムーンを台無しにしたくなかったから」

「どう対処するか、決めるのはぼくだ。ジェンナだって思いは同じだ。ビーチで遊ぶのはいつだってできる。おまえの身の安全より大事なことなんて何もない。何もだ。わかってるのか？」

そんなにわめかなくても……。でもまあ、叱られるのには慣れているし、兄がこれほど心配してくれているとわかって、ちょっと嬉しくもあった。

「兄さんの気持ちはありがたいわ。それに、無事に帰ってきてくれてよかった。二人に会えなくて寂しかったし。でもね、わたしは大丈夫。ザックもついていてくれるから」

ドリューは低くうめいた。「今夜、マルコム伯父さんも交えて話し合おう。伯父さんの家で食事会だ。迎えに行くから、明日のガラパーティーに必要なものを用意してくるんだぞ。ヴァションから島からみんなで一緒に行こう」

「でも……今夜はわたし、予定があって……」

「キャンセルしろ。それでなくても伯父さんはピリピリしている。今夜の会は、ソフィーを正式にマドックス家に迎え入れたことをぼくたちに発表する機会でもあるんだ。当然おまえもその場にいなければならない。ほかに選択肢はないぞ」

エヴァはため息をついた。「わかった。兄さんにも会えることだしね――怒り狂ってる兄さんに。それじゃあね」

通話を終えたエヴァは、投げ入れるようにしてスマートフォンをバッグに戻した。「ごめんなさい」しょんぼりとザックに言う。「予定変更。ヴァション島の伯父さまの家へ行かなきゃいけないみたい。ソフィーの歓迎会ですって。エヴァを絞り上げる会になるかもしれないけど」

「ぼくとのことを明かすつもりなのか？」

エヴァは慎重に言葉を選んだ。彼が何を気にしているかはわかっている。

「ソフィーとヴァンを追い越すみたいになるのは避けたいわ。結婚式の準備を始めたばかりの二人なんだもの」

「きみはやっぱりまだためらっているんだな」

「そうじゃなくて。始まったばかりのものだから、大切にしたいの。奇跡的と言っていいぐらいあなたとわたしの相性はぴったりだと思うけど、それは第三者にはわかりにくい話だし」

「始まったばかりかもしれないが、やわな結びつきじゃない」

エヴァは彼の手を握りしめた。「もちろんよ。ただ、まだ伯父さまにあれこれ言われたくないの。もう少しこのままでいたい」

「マルコムに認められないと思っているんだな？」

「わたしのことはね」エヴァは顔を曇らせた。「伯父さまは決してわたしを認めない。いつだってそうよ。わたしがすることなすこと、気に入らないの。あなたについては大丈夫よ。伯父さまはあなたに好感を持っているもの。信頼している。そうじゃなきゃ、あなたは最高セキュリティ責任者《CSO》になってない」

「今夜、ぼくも行こうか」

「疲れるだけだから、やめておいたほうがいい。伯父さまはネット・ハラスメントの件で騒ぎ立てるに決まってるわ。きっとわたしを責める。おまえが隙だらけだからその手の輩《やから》に付け入られるんだって。わざわざあなたまで巻き込まれに行くことはないのよ」

「そばにいてきみの味方をしたい」

「それは、明日、ガラパーティーでお願いするわ。そして、そのあともずっと」エヴァは声に力を込めた。

支払いをすませた二人は、手をつないでギルクリスト・ハウスまでぶらぶら歩いた。今日の護衛担当であるグレッグソンが入り口でエヴァを待っていた。

エヴァはザックに笑顔を向けて囁《ささや》いた。「明日までお別れね」

そのまま抱き寄せられてキスをする。官能の悦《よろこ》びに果てはないことを保証するような、熱く激しい口づけだった。なんて貪欲な人だろう、飽きることを知らないのはわたしと同じだ。そして、息を吸うために一歩下がった。

早く明日になれと心の中で念じながら。

肩紐《かたひも》のない深紅のドレスが美しい体に密着している様を想像するのは、真っ昼間の都会の街角においては何かと不都合だった。いくらも歩かないうちにそれがわかったので、ザックは深呼吸をし、興奮を静めようとした。そんな努力のさなか、高級宝飾店のショーウインドウに目が向いた。

エヴァの赤いドレスを思い浮かべながら、とりどりの宝石の輝きに見入った。わたしのトレードマークみたいなもの、という声がよみがえる。ザックは店に足を踏み入れると、カウンターの女性店員に近づいた。

「ルビーの指輪を見せてください」

ほどなく候補は数点に絞られた。ザックがいちばんいいと思う指輪は、ずば抜けて高価だった。しかし今のザックは、かつての自分が想像もしなかったほどの高給取りで、その金を存分に使うほどの暇もない。エヴァの美しさに見合うものを買う余裕はじゅうぶんある。それにこれなら、深紅のドレスとも、彼女がよくつけているゴールドとルビーのピアスとも、よく合うだろう。あのドレスを着てあのピアスをつけたエヴァは最高に美しい。

そこにルビーの指輪が加われば、最強の組み合わせではないか。

色合いの異なるゴールドのロープをねじり合わせたようなアームに、大粒のルビーがひとつはめ込まれている。モダンで大胆なデザインだ。個性的で目立ち、ほかに類を見ない。冒険心にあふれている。まるでエヴァそのものだ。

もし彼女の好みと違っていたら、本人を連れてきて好きなのと交換してもらえばいい。

調子に乗りすぎだろうか。早すぎるだろうか。そうも思ったが、ザックには自分の望む道筋がはっきりと見えていた。正直に言えば、最初から見えていたのだ。

スマートフォンが鳴りだした。エヴァからかもしれない。期待しつつ引っ張りだしたが、そううまい具合にはいかなかった。ドリューからだ。

通話開始のボタンを押す。「よう。おかえり」

「いったいどこにいるんだ？」ドリューの声は苛立《いらだ》ちを含んでいた。「おまえと話すために旅の疲れと時差ぼけを押して出社したら、ランチに出たまま戻らないというじゃないか。いつからランチに長々と時間をかけるようになった？」

「片付けないといけない案件があってね。帰国はまだ一週間ほど先だと思っていたよ。ハネムーンはどうだった？」

「それはもう最高さ。だが、勅令で帰国を早めざるを得なかった。ジェンナとぼくもガラパーティーに出席せよとのベヴ・ヒルのお達しでね。それと、エヴァからずっと言われていたんだ、ビヨンド・アース・プロジェクトについてブルーム兄弟と話し合えって。彼らが富と名声を得て、ぼくなんかが相手にされなくなる前に。しかし、どうやら遅きに失したようだな。いずれにしても、明日の夜のパーティーには出る。時差ぼけを引きずっていようとなんだろうと」

「そりゃよかった。会えるのを楽しみにしてるよ」

「ところで、エヴァが直面している問題についてだが」ドリューの声が険しくなった。「伯父やぼくに知らせずにいたというのは、いったいどういう了見なんだ？」

「みんなの旅の邪魔をしたくないとエヴァ本人が言ったんだ。ハネムーンを切り上げさせたりするのは不本意だと」

ドリューはとがめるような唸り声《ごえ》を出した。「それはあいつが決めることじゃないだろう。今後は、うちの身内のセキュリティに関する案件は必ずすぐに報告してくれ」

「わかった」

「今夜、それについても伯父の家で話し合うことになるだろう。おまえを呼べと伯父から言われている。メンバーはジェンナとぼく、エヴァ、マルコム伯父、ソフィーとヴァンだ。ガラパーティーに必要なものも持ってこいよ。ディナーが終わる頃には、もうフェリーはないからな。泊まる部屋もある」

「マルコムはぼくを呼び出して説教しようというわけか」

「正確には伯父の言葉はこうだった。〝こそこそせずに潔く出てこい、さもないと厄介なことになるぞ。そうザックに伝えろ〟」

「なるほど。楽しい時間が待っていそうだ」

「間違いない。だが料理は美味《うま》いぞ。伯父はポジターノから最高級のイタリアワインを何ケースも船便で送ったんだ。しこたま飲んで酔っ払って、伯父の説教は聞き流せ。エヴァとぼくはいつもそうしている」そこでドリューは言葉を切った。「だがもちろん、その前におまえは、情報伝達を怠ったかどでぼくに叩《たた》きのめされる。それがすんだら安心して酔っ払ってくれ」

今日の夜もエヴァと一緒にいられる。それだけで有頂天になったザックは、脅されようがけなされようがまったく気にならなかった。

「好きにすればいいさ。こっちもそのつもりで行く」

ザックはスマートフォンをポケットに滑り込ませると、財布を取りだして店員に向き直った。そして、いちばん値段の高いルビーの指輪を指さして言った。

「これをください」

15

エヴァは辛抱強く繰り返した。

「もう一度言いますけどね、伯父さま。気になりだしてすぐ、ザックに相談したの。この程度のことで伯父さまたちの大事な旅を邪魔したくなかったから。二十四時間見守ってもらっているんだし、どうして伯父さまがそんなに大騒ぎするのか、さっぱりわからないんですけど」

「隠し事をされていたのが気に入らんのだ！」マルコムが怒鳴った。「おぞましい書き込みの数々をわたしも見たぞ。連中の素性を突き止めて息の根を止めてやりたいわ！」

言い返そうとしてエヴァは口を開いたが、思いとどまった。感情の防御壁を崩してザックと過ごした一週間を経た今、伯父の顔が少し違って見えてきたのだ。激しい怒りの陰に、気遣わしげな表情が隠れているのに初めて気づいた。

エヴァは穏やかに言った。「大丈夫ですってば。自分でも重々気をつけているし、ザックに相談に乗ってもらってからは、単独行動はいっさいしていないの」

「気に入らん。おまえが汚らわしい輩《やから》の標的になっていること自体、気に入らん！」

「マドックス家の人間ですもの、わたしはタフな女よ。ウェールズ戦士の血が流れているの。誹謗《ひぼう》中傷なんかに動揺はしない。そもそも、いじめっ子に負けるなと教えてくれたのは伯父さまじゃない」

「それは――」そこでマルコムは咳払《せきばら》いをした。「これとはまったく別の話だ」

ソフィーが口を開いた。「わたしの意見を言わせてもらってもいいかしら。わたしは、エヴァの判断は間違っていなかったと思うわ」

その穏やかな口調は、彼女がマルコムの扱い方の基本をしっかり押さえていることを示していた。実の親子としての関係が始まってから、まだ数週間しかたっていないというのに。

生まれたときから近くにいたエヴァよりも、おそらく彼女のほうが伯父との接し方はずっとうまい。

ソフィーがいい人で本当によかった、とエヴァはこれまで何度も思ったことをまた思った。ソフィーの人柄がこうでなければ、きっと彼女に嫉妬していただろう。自分と伯父との関係は常に緊張をはらんだものだったのに、ソフィーと伯父のあいだには、実の親子らしい関係があっという間にできあがった。二人で一緒にいるのが楽しそうだし、エヴァやドリューに繰りだすような長々とした説教を、伯父はソフィーに決してしない。

　何かと難しい年頃のソフィーを伯父が見ていないからかもしれない。伯父と出会ったとき、ソフィーはすでに立派な大人だった。ゼウスの頭から、武装した姿で生まれ出たアテナのように、聡明《そうめい》で、明るくて、美しかった。マドックス・ヒルの最高財務責任者《CFO》であるヴァン・アコスタはたちまち彼女に夢中になった。落ち着き払った冷徹な人という印象しかなかった彼が、ソフィーのことで必死になっているのを見て、エヴァは微笑《ほほえ》ましく思ったものだった。

　今もヴァンは、接着剤で貼りつけられたみたいにソフィーにくっついたまま離れない。腕を組み、腿と腿をぴたりとつけて、彼女の髪に顔を寄せている。それをとやかく言う資格は、もちろんエヴァにはなかった。もし今、ザックと二人きりになったら、木登りでもするかのように自分も彼にしがみつくに決まっているのだから。

　ジェンナが誰にともなく言った。「今のところ何も起きていないんだし、これからはわたしたちみんなが目を光らせているんだから、何も起きようがないでしょう。それにしてもマルコム伯父さま、ポジターノでずいぶん日焼けなさったんですね。とってもお似合いですよ」

「その意見に、わたしのかかりつけの皮膚科医は声を大にして異を唱えるだろうな」マルコムはむっつりと言った。「避けられなかったのだ。極力、日に当たるまいとしたのだが。あそこはまるでオーブンだ」

玄関のドアが開く音がした。兄の声が聞こえてきてほどなくその姿が現れたが、続いて部屋へ入ってきたのはザックだった。思いがけない事態に、エヴァの心臓が胸の中で跳ねた。

マルコムが目を見開いた。「待っていたぞ！　きみに話したいことがある」

「来るなんて言ってなかったじゃない」エヴァは反射的に、そう口にしていた。「メールしてくれればよかったのに」

妙な沈黙が流れたが、マルコムがすぐにそれを破った。「さあ、ザック！　どう説明するつもりだ？　われわれに重大な隠し事をしていたことについて」

ザックは静かにマルコムを見つめ返した。「自分の判断は間違っていなかったと思っています」

「ほう。わたしの身内の危機的状況をうちの誰にも明かさないのが、適切な判断だったと。それがきみの結論なのだな？　では、きみにはわが社を辞めてもらわねばならん」

ザックは平然としていた。「残念です。しかし、わたしをクビにする必要があるなら、そうなさってください」

エヴァは、さっと立ち上がった。「ザックをクビにするなんてばかげてるわ。彼ほどプロ意識の高い人はいない。今回だって、相談したら、すぐにわたしの事案を最優先にしてくれたんだから。だからクビは撤回してください！」

つかの間静まりかえった部屋に、マントルピースの上で時を刻む古い置き時計の音だけが大きく響いた。

「エヴァ」ザックが口を開いた。「かばってくれなくていいよ。ぼくは平気だ」

宣言するようにエヴァは言った。「この話はこれでおしまい。みんな、良識があるならどうぞ話題を変えてちょうだい。そうじゃなかったら、ザックとわたしは次のフェリーで島を出ます」

「そんなことは許さん」マルコムがぴしゃりと告げた。「今夜は全員揃《そろ》って食事をするのだ。良識ある一族らしくな。ジェフリーズ！」声を張り上げる。「どこにいる？」

執事の禿頭《とくとう》が入り口に覗《のぞ》いた。「お呼びでしょうか、旦那様」

「もう始めてくれてかまわないとミセス・アルヴァレスに伝えてくれ」

「かしこまりました」

食事をしながらエヴァは、奇妙な感覚にとらわれていた。テーブルの上方に浮かんだ自分が、この光景を見下ろしているような感じがするのだ。伯父の専属料理人の腕は確かでワインも高級品ばかりだったが、今の自分にはどれも味気なかった。

唯一、気持ちが明るくなったのは、ジェンナがドリューの手を取って立ち上がり、妊娠を発表したときだった。自分が叔母さんになるのだと思うと感慨深かった。それでもやはり、兄夫婦と抱き合い、飛び跳ね、歓声をあげながらも、意識のどこかでは離れたところから一部始終を観察していた。

この発表のおかげで伯父の機嫌はよくなった。彼にしては、だが。

ザックはすっかりくつろいだ様子でソフィーと仕事の話をしている。サイバーセキュリティや、オンライン・ハラスメントについて。そのあとザックは、展示会でのブルーム兄弟の様子を披露しはじめた。彼らがカリスタ・ウェクスフォードと向かい合った折の逸話は、満座の笑いを誘っていた。

みんなリラックスしているのだとエヴァは思った。わたし以外は、みんな。心から羨ましかった。

次の衝撃に備えて、自分がずっと身構えているような感覚が拭えなかった。でも、それがどの方向からやってくるかは見当もつかないのだ。

ゲストルームの整えられたばかりのベッドに座って、ザックは手の中の小箱をじっと見つめていた。

次の段階へ進むのは待つべきなんだろう。だが、もう十年も待ったじゃないか。懸命に感情に蓋をしつづけてきた。そしてようやく許された今、押さえ込まれていた感情が鉄砲水のようにあふれ出てきたのだ。

望むものはわかっている。エヴァに結婚を申し込むことでしか自分は幸せになれない。しかしそれは、とてつもない度胸を要することでもあった。

ザックはスウェットパンツのポケットのファスナーを開けると、ベルベットの小箱をそこに入れた。勇気が出たら、そのとき取りだせばいい。

屋敷が完全な静寂に包まれると、ザックは裸足《はだし》のまま部屋を出た。足音を忍ばせて廊下の突き当たりまで歩く。エヴァの部屋だけドアがわずかに開いていて、光が細く漏れていた。二組のカップルは固く閉ざしたドアの向こうにこもっているが、エヴァはザックのために明かりを残しておいてくれたのだ。

隙間から中の様子をうかがって、ザックはドアを押し開けた。

エヴァは窓辺に立って木立を眺めていた。ターコイズブルーのパジャマはシルクだろう。このうえなくセクシーだと思ったが、エヴァに指摘されたとおり、こちらは彼女が着ればなんだってセクシーに見えるのだった。たとえペンキだらけの穴あきジーンズだろうが、それをエヴァが穿《は》いているというだけで興奮させられる。

広々とした美しい部屋だった。天蓋つきの大きなベッドにはレースで縁取られた枕が重なり、アンティークのパッチワークキルトがかけられている。ドレッサーの天板は大理石。縦長の大きな鏡は、劇場の楽屋にあるもののように縁をライトで囲まれている。それ以外の照明は消えていて、室内は淡い金色に染まって見えた。

あるいは、金色に見えたのはエヴァそのものだったかもしれない。

「やあ」ザックは言った。

エヴァが振り返って、微笑んだ。「ずいぶん遅かったわね。入って、ドアを閉めて」

ザックは彼女のそばへ行き、豊かな髪の下に手を差し入れた。緊張のためかエヴァは身を震わせていた。

「マルコムのことは気にするな。伯父さんはちょっと感情的になっていただけだ」

エヴァの肩がぴくりと動いた。「あなたに食ってかかったから腹が立ったのよ。子どもじゃあるまいし、あんなふうに癇癪《かんしゃく》を起こすなんて。何がクビよ、冗談じゃないわ」

「ああするのが癖なんだな。ハロルドの一件ではドリューがクビを言い渡されただろう？ヴァンも、ティムのディープフェイク騒ぎのあと一度はクビになった。ついにぼくも仲間入りできたというわけだ。やったな」

エヴァが咳払いをした。「あなたの前向きさと懐の深さはすごいと思う。だけどやっぱり、わたしは伯父さまの言葉を気にせずにいられないわ。あっちはあっちで、わたしのやることなすこと気に入らない。昔からずっとそうだったのよ。そしてほら、ついに彼は完璧な娘を手に入れた。棚からぼた餅みたいに、突然、降ってきた。弟が遺《のこ》した出来そこないの甥《おい》や姪《めい》とは違う、すばらしい娘が」

「おいおい、きみたちが出来そこないなわけがないだろう。ソフィーのことはきみも好きなんじゃなかったのか」

「もちろん好きよ。好きにならずにいられる？　知的で美人で仕事ができて、人柄もいいときてるんだから」

「うん。きみと同じだ」ザックはうなずいた。「きみだって光り輝いている。まぶしすぎてぼくは目がくらみそうだ」

エヴァは小さく笑った。「ありがとう。わたし、ソフィーにちょっと嫉妬してるのかもしれない。縄張り意識っていうのかしら。伯父さまが非の打ちどころのない新しい娘を連れてきた、そして彼女の面前でわたしを罵倒した——悪いのはわたしだと。それが悔しかったんだわ。情けない」

「心配やら苛立《いらだ》ちやらで、マルコムは今、普通の精神状態じゃないんだ。そのうち落ち着くさ。もちろんソフィーはきみが悪いなんてこれっぽっちも思ってない。セキュリティの専門家だ、彼女はきみの味方だよ」

部屋の中を歩きまわりはじめたエヴァを、ザックは見守った。彼女はドレッサーの前で足を止めると、遠くを見るような悲しげな目で鏡をのぞき込んだ。

たまらずザックは背後へ近づき、頭の後ろにそっと唇をつけた。

「まだほかにも気がかりがあるんだな？」

「別に……いえ、実はそうなの」エヴァは認めた。「両親が亡くなったあと、兄とわたしはここで暮らすようになった。この部屋で、ずいぶん悪夢を見てうなされたわ。いまだにここではいつもより怖い夢を見る」

ザックが腰を両手で抱いて引き寄せると、エヴァは肩に頭を預けてきた。

ザックは言った。「この家できみに会ったときのことは今もはっきり覚えている」

エヴァが顔を上げた。「わたしも覚えてるわ。夏だったわよね？　兄さんがあなたとヴァンをバーベキューパーティーに誘ったんだった。あなたは、南アフリカへ行くヘンドリックのボディガードとして雇われたばかりだったんじゃないかしら」

「そのとおり。ドリューはまだ建築の学校に通っていた。あの日、ヴァンとぼくはここに泊まったんだ。いやもう、ぶったまげたなんてものじゃなかった。ドリューの実家は金持ちだとか、伯父さんは建築界の大物だとか、そういう話は聞いていたにしてもだ。この家、敷地、屋内プール、使用人たち……仰天したよ。ヴァンはマドックス・ヒルの経理部に入って一年はたっていたから、ここには何度か来て慣れていた。ぼくは、どうってことないふうを必死に装っていた。そんなとき、車寄せにとまった車からきみが降り立ったんだ。家へ入ろうとしたきみは、庭にいるぼくたちを見て方向転換して、しゃなりしゃなりと芝生を横切ってこちらへ歩いてきた」

エヴァが笑った。「ええ？　しゃなりしゃなりですって？」

「そうとも」ザックは大きくうなずいた。「魔性の女みたいに腰を揺らして、しゃなりしゃなりと歩いていた。体にぴったり沿うサンドレスを着て。覚えてるか？　大きな赤い花がプリントされた黒いドレスだ。スカートの丈は短かった。髪が風にそよいでいた。われわれ下々の者に恩寵《おんちょう》を授けたもう女神だとぼくは思った」

エヴァは肩を震わせて声を出さずに笑った。「大げさね」

「いや本当に、心からそう思ったんだ。とっさにその場でぬかずきそうになった。ドリューがきみを紹介してくれたんだが、口調は丁寧でもやけに淡々としていたな。こちらはぼくの大切な妹だ、と彼はまず言った。〝大切な〟というところを強調して。それから、こう続けた。十八になったばかりなんだ、ついこのあいだ高校を卒業した、もうじき大学の寮に入る……。ドリューの言いたいことは明らかだった。妹に手を出すな、妹を見るな、妹のことを考えるのさえ許さないぞ」

「昔から兄さんは過保護だから。まあ、あなたにはかなわないけど」からかうような口調だった。

「確か、あのとき泊まったのも今夜と同じ部屋だった」ザックは彼女の腰の深いくびれに両手を置いた。「ぼくは眠れなかった。悶々《もんもん》として寝返りばかり繰り返しながら、ありとあらゆるシナリオを思い浮かべた。もし自分がその手の男だったら、ああするだろうこうするだろう、と」

「ふうん」エヴァの瞳が、なまめかしい輝きを帯びてザックの理性をかき乱した。「どんなシナリオ？　その手の男って？　具体的に言って」

「古典的なやつさ」ザックは彼女の首筋の、甘くて温かい肌に唇をつけた。「部屋の窓に小石をぶつけて、きみを誘いだす。そうだな、あのプールにでも。あるいは、きみの部屋に忍び込む」パジャマのボタンをはずすと、さらさらした生地を肩から落とし、完璧な二つの乳房を手で包んだ。「そして、ぼくの口できみの体を隅々まで崇《あが》め、讃《たた》える」

エヴァの体がぐらりと揺れて、息が弾みはじめた。ザックは彼女をさらに近くへ抱き寄せるとパジャマのズボンに手を差し入れて、素肌を、さらにはストレッチの効いた薄いレースをまさぐった。この下には、甘い襞《ひだ》を隠したしなやかな繁《しげ》みがある。指がレースをくぐり、ぴったり閉じた襞を分けると、エヴァが身を震わせた。ゆっくりと、時間をかけて、焦《じ》らすかのように、それでいて激しく、ザックは指を使った。

彼女が最初の絶頂に達した瞬間、ザックはむさぼるようなキスでその叫びをふさぎ、同時に指をさらに深く進めた。指は歓喜に息づく肉にとらえられ、熱い蜜にまみれる。

ああ、なんてすばらしいんだ。これを上回る快楽を得る方法はひとつしかない。着実に、ゆっくりと、そこへ向かおう。焦ることなく。

エヴァが身じろぎをしてザックを見上げ、囁《ささや》いた。「すごい」

「うん」ザックの声はかすれ、欲望が全身を揺るがしていた。「想像の中で、ぼくはこんなふうにきみを気持ちよくさせるんだ。何度も何度も。それでついにきみは、ぼくに請い願う」

エヴァが声を殺して笑った。「請い願うの？」

「しょうがないじゃないか」言い訳がましい口調になる。「欲情したヘタレ男の妄想なんだから」

「文句をつけてるんじゃないのよ。次はどうなるのか、ハラハラドキドキしてるだけ。教えて。どうなるの？　わたしはどんなことを請い願ったの？　ねえ、教えて……詳しく、具体的に」

ザックは、パジャマのズボンと下着を同時に引き下ろした。足もとに落ちたそれらを、エヴァが蹴るようにして脇へやる。照明に照らされた鏡の中で、二人の視線が絡み合った。エヴァの目は大きく見開かれ、唇は鮮やかに赤い。裸体は影に彩られて、ひどく淫らに見えた。ザックの両手が官能的な曲線を隅々までなぞるその様子を、光がくっきりと照らしだしている。

丸いヒップをとらえて引き寄せると、エヴァはドレッサーの縁に手をついてバランスを取った。スウェットパンツを下ろし、痛いほどに高まったものをあらわにする。

エヴァが唇を舐《な》めた。その濡《ぬ》れたようなピンクの艶がザックの興奮をあおる。あなたのものをすべて差しだしなさい、と彼女はまなざしだけで要求していた。

どちらもただ息を弾ませるばかりで無言だった。脚のあいだの翳《かげ》りを探り、愛撫《あいぶ》して、彼女を開かせるのに言葉はいらなかった。そしてザックはひと息に入った。ゆっくりと奥へ進み、引いて、突く――

ドレッサーが揺れて壁にあたった。香水瓶が床に落ちてガチャンと音をたてたときには二人で凍りついた。

「まずいわ」エヴァが囁く。

しばらく息を凝らしていたが、誰の声も聞こえてこなかった。

「みんなベッドで忙しくしているんだろう。ぼくたちにかまっている場合じゃないんだ、きっと」ザックはエヴァの腕を取ると、鏡の両側の壁に左右の手をつかせた。「ほら、こうやって見えるのがいい。ドレッサーに触らないようにするんだ。そうすれば音はたたないから」

エヴァはその言葉に妖艶な笑みでこたえると、より深くまで迎えようとするかのように背をそらし腰を突きだした。「ここでわたしは請い願うのかしら？」彼女は囁いた。「お願い、ザック……お願いよ。早く全部をちょうだい……あなたが欲しいの。欲しくてたまらない……」

ザックは危うく自制心をなくしかけたが、かろうじてこらえた。

往復が再開され、ほどなく互いのリズムがひとつになった。そうなるともう、静かにはしていられなかった。力強く突かれるたびに漏れる喘《あえ》ぎを、エヴァは抑えられない。たわわな乳房が揺れて弾む光景も、なまめかしい下唇をきゅっと噛《か》む様子も、ザックにはたまらなかった。そのすべてが理性を奪い、ひたすらゴールへと駆り立てた。

ついにエヴァが激しく達したのがわかった。みなぎる力にザックは屈し、ひとつに融《と》け合う互いの体以外、いっさいを忘れてひたすら動いた。エヴァの歓喜のわななきに押し上げられてザックも昇りつめ、果てた。みずからのすべてを放ち、ほとばしらせる。大きな声を出したかどうか、自分ではわからなかった。どちらも無意識のうちに叫んでいたかもしれない。

だが驚いたことに、屋敷は静まりかえったままだった。

ザックはエヴァをまっすぐに立たせて抱き寄せた。彼女は汗ばみ、震えていた。「寒いのか?」

「すぐ戻るわ」エヴァは体を離すと、バスルームへ姿を消した。

ザックはスウェットパンツを穿き、ベッドに腰を下ろした。勝手にエヴァのベッドに入るのは気が引けた。隣の部屋にドリュー、少し先にはマルコムがいる状況で、一緒に寝てほしいと彼女が思っているのかどうかわからない。

バスルームのドアが開いてエヴァが出てきた。美しい体にはまだ何もまとっていない。ベッドまで来ると、彼女は伸びをして髪を後ろへ払った。見られることを明らかに楽しんでいる。

「ぼくは部屋へ戻ろうか? 面倒なことになるといけない」

エヴァは少し考えてから首を振った。「いいえ。ここにいて。わたしたち、何も悪いことはしていないんだから。このまま、ここにいてほしい」

ザックはゆっくり安堵《あんど》の息を吐いた。

「ほら、カバーを剥いでベッドに入って、欲情したヘタレ男さん。ゆっくりしましょうよ」

言われるままにザックは身を横たえた。エヴァが覆いかぶさり、唇を重ねてくる。長い髪が胸板をくすぐり、それ自体が甘やかなキスのようだった。

「ねえ、ザック」彼女は囁いた。「あなたのエロティックな妄想のことだけど」

「なんだ?」

「あのね……わたしも似たような想像をしたのよ。あのバーベキューの日以来、何度も。あの夜はわたしも眠れなかった。ベッドの中であなたのことばかり考えてたわ。そしてね、いいことをしたの。わかる? わたし一人で」

「すごいな」ザックは囁いた。「詳しく教えてくれ。あるいは、やってみせてくれてもいい」

「そう? 知りたい?」エヴァは体を下のほうへずらした。

髪の毛の先が、続いて指が、腹に快感の軌跡を描きながら下りていく。ふたたび大きく頭をもたげはじめたものへ向かって。

「ああ、知りたいね」

「わたしの妄想はあなたのよりいやらしいわよ。見せてあげましょうか？」

とてつもない興奮にザックは身震いをした。そして、かすれた声で言った。

「頼む、見せてくれ」

16

目覚めたときには腕の中にエヴァがいて、二人の脚と脚が絡み合っていた。そのぬくもりを楽しみながら彼女の寝顔を見つめていると、まつげがふるふると震えて目が開いた。すぐに大きく伸びをして、にっこり笑う。いい兆候だ。

「やあ、おはよう」ザックは言った。「今日の潮の具合はどうかな?」

エヴァは考える顔になった。「良好みたい」眠り足りないのか声はかすれているものの、口調は明るかった。「奇跡だわ。この家で目覚めてこれだもの」

ザックはにやりと笑った。「それはすばらしい」

「シャワーを浴びてくる。そのあいだにあなたはこっそり部屋へ帰って。絶対誰にも見つからないでよ。裸のわたしが兄さんや伯父さまに問いつめられるなんてことにならないように」

「わかってる。しかしどうやら、もう少し待ったほうがよさそうだ。外が騒がしい。みんなコーヒーを飲みに行こうとしてるな」

「だったら、シャワーを浴びてからわたしが偵察に出る。タイミングを見計らって合図するわ」

「もう少しベッドの中にいてもいいんじゃないか?」ザックは期待を込めて提案した。

「みんなが下でブランチをとりはじめるまで時間をつぶそう」

「ご冗談を。みんなが寝ているあいだでさえ、あんなにハラハラしながらだったのに。少しはお行儀よくなさい」

「常にしてるさ」

エヴァが笑いながらバスルームに入っていく。いい感じだ。チャンスが訪れたかもしれない。

ザックは床からスウェットパンツを拾い上げると、ポケットのファスナーを開いて指輪のケースを取りだした。

よし、やるぞ。彼女が出てきたら、はっきり告げるんだ。

裸の体からブランケットを取り払おうとしたそのとき、いきなり部屋のドアが開いてジェンナが飛び込んできた。頭にタオルを巻いたバスローブ姿だ。

「エヴァ、悪いんだけど――きゃっ!」ジェンナは口を閉じるのも忘れて後ずさった。

「おはよう、ジェンナ」ザックは淡々と言った。

タオルにくるまってバスルームから現れたエヴァが、息をのんだ。「あーあ」うめくように続ける。「ばれちゃったか。おはよう、ジェンナ。よく眠れた?」

「そ……そうね」ジェンナは呆然《ぼうぜん》とザックを見つめ、次いでエヴァを見た。「わたしってば……本当にごめんなさい」

「いいから、ドアを閉めて。わたしたち、裸なのよ」

「え、ええ、そうよね」ジェンナは慌ててザックの上半身から目をそらすと、後ろ手にドアを閉めた。

ザックの手はベルベットの小箱をしっかりと握っていた。キルトの下で、そっとそれをパンツのポケットに戻す。朝食前にミッション終了とはいかなさそうだ。チャンスは完全に失われてしまった。

「ごめんなさい」ジェンナが口を開いた。「あの、ほら……壁の向こうからシャワーを使う音が聞こえてきたから、あなたが起きたのがわかったの。それで、バスルームのドアをノックすればいいと思って。古くてかまわないから、レギンスパンツがあれば貸してもらいたかったの。急にジーンズがきつくなっちゃったから。昨日まで大丈夫だったのに、本当に急に」

「あるわよ」エヴァは整理簞笥《だんす》の引き出しを開けた。「何色がいい？　黒、グレー、紺、それとも赤？」

「じゃあ、黒で」

「はい、どうぞ」エヴァがそれを放り、ジェンナが片手で受け取った。

ジェンナは口ごもりながら言った。「あの、その……どうして教えてくれなかったの？　内緒にするなんて水くさいじゃない」

「あなたは外国にいたでしょ、ジェンナ。内緒にしてたわけじゃないわ。ごく最近の話だし」

「昨夜、気づくべきだったわ。なんとなく、部屋に漂う妙な空気を感じていたのよね。そのわけがこれでわかった」

「いい空気だったでしょ？　じゃあ、またブランチのときに」

「え、ええ、そうね。それじゃ行くわ。お邪魔してごめんなさい」

ジェンナの姿が消え、ドアが音をたてて閉まった。

ぼくにどうしろと？　と言う代わりに、ザックはエヴァに向かって肩をすくめてみせた。

「ばれたものはしょうがない」

「何、その開き直ったような言い方」エヴァの表情は暗い。「まだあなたは伯父さまの怖さをわかってないのよ」

「そうか? じゃあ、下へ行ってみようじゃないか」

「いいわよ」エヴァは服を着はじめた。「わたしが先に行く。あなたはシャワーを浴びて、少ししてから来て」

言われたとおり、しばらくしてからザックが下りていくと、ブランチのテーブルには全員が揃《そろ》っていた。

ミセス・アルヴァレスによって調えられたビュッフェは壮観で、ザックはありがたく思った。あんな夜を過ごした翌朝とあって腹ぺこだ。並んでいるのは、コーヒーと絞りたてのオレンジジュース、チーズたっぷりのキャセロール、ベーコンとソーセージ、スモークサーモンとクリームチーズのベーグル、それに、オーブンから出てきたばかりのレモン・スコーンだ。

自分が部屋へ入ると同時に話し声がやんだのには気づいていたが、ザックはさっさと皿に料理を山盛りにしてエヴァの隣に腰を下ろした。どうなろうとかまうものか。こっちは普通にしているしかない。

ドリューとジェンナが意味ありげに目配せを交わした。ヴァンとドリューも同じことをした。続いてソフィーとヴァンも。ソフィーとジェンナは笑いをこらえようとして、ひとしきり咳《せ》き込んだ。

静かになった部屋に、ザックのコーヒースプーンがカップにあたる音だけが響いた。

マルコムが疑わしげに目を細め、全員を見渡した。「どうしたというのだ。何がそんなにおかしい。はっきり言わないか！」

誰も何も言わない。エヴァが荒々しい手つきでカップをソーサーに置いた。

ザックは決然とフォークを置くと、テーブルにのったエヴァの手に自分の手を重ねた。指をしっかり握って持ち上げ、節にゆっくりとキスをする。無言の意思表示だった。

エヴァが驚いた顔で見上げてきた。

「もう、いいだろう？」ザックは彼女に言った。「こんな宙ぶらりんの状態には耐えられない」

「なんなのだ、いったい！」マルコムが吠《ほ》えるように言った。「わたしに隠れて、何をこそこそしている！」

ザックは答えた。「隠れてなどいませんよ。今、あなたの目の前にいます」

「減らず口を叩《たた》くんじゃない」マルコムは唸《うな》り、矛先をエヴァに向けた。「おまえの言い分はどうだ、お嬢？」

エヴァはため息をついた。「その呼び方はやめてください。わたしはもう大人なの。ザックとはロサンゼルスの展示会に行って親しくなりました。すごく馬が合って、これからもいいおつき合いをしていきたいと思ってます」

「そして昨夜はおまえの子ども部屋で共に過ごしたというわけか」

「伯父さまには関係ないわ」エヴァは冷たく言い放った。

「なんだ、その言い草は！」マルコムは目を剥《む》き、ザックに向き直った。「この盗人《ぬすっと》が！貴様がほかの仕事を打ち捨ててロサンゼルスまでエヴァに同行したと聞いたとき、どうも胡散臭《うさんくさ》いと思ったのだ。案の定だ。何がエヴァを守るためだ！　最初からそういう魂胆だったのか？　エヴァに近づき籠絡しようと計画していたのか？」

エヴァがぴしゃりと言いはなった。「ばかばかしい。あんまりよ、伯父さま。どうか落ち着いて。おかしな言いがかりをつけるごろつきみたいになってますよ」

「いや、彼は正しい」ザックは言った。

エヴァがぎくりとした。ザックのほうを向き、まじまじと顔を見つめる。「なんですって？」

「それはどういう意味だ？」ドリューの顔がにわかに険しくなった。

「マルコムの言うとおりなんだ。ロサンゼルス行きは、ぼくにとって長年の想《おも》いを遂げる絶好のチャンスだった」ザックは握り合った手に力を込めた。「ひと目見たときから、ぼくはきみを手に入れたいと思いつづけてきた」彼女に向かって続ける。「それは昨夜、話したね。だから、きみに近づけるチャンスに飛びついたんだ。これからもぼくは、きみのそばにいるためなら誰にでも、なんにでも立ち向かうつもりだ。死ぬまで、ずっと」ザックは一同を見回した。「そう、そういうことなんだ、みんな」

「ザック！」エヴァが叫んだ。「何言ってるの！　頭を冷やして！」

「無理だ。こんなに好きなんだから」

静寂の中、テーブルの向こう側で誰かが鼻をすすった。

「ああ」ジェンナが涙ぐんでいた。「なんて素敵なの、ザック。わたし、ぐっときちゃった」

「わたしも」ソフィーはナプキンで目元を拭うと、ヴァンの皿越しに手を伸ばしてザックの手の甲をそっと叩いた。「本物の愛は強いわ。いつだって」

「もうたくさんだ」マルコムが荒々しく椅子を引いた。テーブルの皿が揺れ、カップがカタカタと音をたてた。「この家の屋根の下で、泊まり客がわたしの姪《めい》をたぶらかした。そんな話を聞かされては食欲も失《う》せるわ。夕刻のフェリーに間に合うよう、おのおの支度をしておくように。出発までわたしを一人にしておいてくれ！」

マルコムは杖《つえ》を握ると、ぶつぶつと何やらつぶやきながら部屋を出ていった。

エヴァが手で顔を覆った。「最悪」小さな声でつぶやく。「こんなことになるんじゃないかと思ってた」

なだめるようにジェンナが言った。「伯父さまはちょっと気が立ってるだけよ。まだ時差ぼけも残ってるでしょうし、このところストレスが多かったり生活の変化があったりしたから。でも大丈夫、じきに乗り越えてくれるわ」

ドリューがつぶやいた。「どうかな。あの人はストレスや変化に弱いんだ。昔からそうだった。今さら変わらないだろう」

ジェンナは夫を睨《にら》み、それからエヴァの後ろへ回って背中を抱いた。「ドリューの言葉、真に受けちゃだめよ」エヴァの頭にキスして言う。「今夜着るドレスを選ばなくちゃならないの。相談に乗ってほしいわ。あなたも来て、ソフィー。一緒にエヴァの話を聞かせてもらいましょうよ」

何か言いたそうな目でザックを見やりながらも、エヴァは椅子から立ち上がり、親友と新しいいとこに引っ張られるようにして部屋から出ていった。女性たちの話し声が階段の上へ遠ざかっていくのを、男三人、黙って聞いていた。

やがてドリューが椅子を後ろへ押しやると、テーブルに身を乗りだすようにしてザックを見すえた。「じゃあ、整理させてもらおうか。おまえは十年も前からぼくの可愛《かわい》い妹を狙っていた。たまたまあるとき、彼女が深刻な問題に直面しているのを知った。本人は不安に苛《さいな》まれ、家族は海外旅行中。彼女の身に危険が迫る中、おまえは救済者よろしく白馬にまたがった。出張というチャンスに乗じて、四六時中彼女につきまとい、そうしてついに口説き落とした。おいザック、たいした策士じゃないか。ぼくは感心したね」

「彼女とぼくのあいだに起きたことの説明として、今のは正確じゃない」

「ほう」ドリューは胸の前で両手を組んだ。マルコムがよくやるしぐさだ。「じゃあ、正確なところを教えてもらおうじゃないか。なにしろ時間はたっぷりあるんだ、何時間でも話し合おう。さあ、始めてくれ。こっちは聞く気満々だぞ」

ザックはコーヒーを飲み干した。冷ややかな怒りをみなぎらせた友人を前に、覚悟を決める。

もう逃げられないのだ。当たって砕けるしかない。

17

「あの兄弟のことで気を揉《も》むのはそろそろやめにすれば?」ジェンナが言った。「ウィルバーもボビーも、あなたが思ってるほど頼りなくない。あなたが肝心なところでいつも助けてくれるのは嬉《うれ》しいでしょうけど、自分たちがぼんやりしてちゃいけないことはちゃんとわかってるはずよ」

「だといいんだけど」エヴァはそう言ったものの、大宴会場の向こうのほうにいる彼らから目を離すのは難しかった。アーネストと一緒に急遽《きゅうきょ》調達したタキシードが、わりとよく似合っている。身長が百九十センチ近くあってガリガリに痩せている彼らだから、フィットするものを見つけるのは容易ではなかった。けれど、それを着た二人はなかなか立派に見えるし、さほど緊張もしていないようだ。今のところ、問題は何もない。

ソフィーがうなずいた。「やっぱり、その赤いドレスにして正解だったわよ。ザックの目は釘《くぎ》づけだったじゃない」

エヴァはにっこりと微笑《ほほえ》んだ。「今のわたしにぴったりでしょ。なにしろ現代の緋色《ひいろ》の女（淫婦バビロンの別称）ですから」

「それはもう気にしないの」ジェンナがたしなめるように言った。「伯父さまも少しずつ落ち着いてきているわ。ただ、あの年だと、新しい状況を受け入れる余地を頭の中につくるのに時間がかかるのよ」

「そうよね」ソフィーも同意した。「フェリーの上であの人、ヴァンのジョークに声をあげて笑ってたわよ」

「あなたたち相手だと笑うかもしれないけど。伯父さまのことだもの、わたしだけは例外でしょ、きっと」エヴァは暗い声で返した。

顔を見合わせるジェンナとソフィーを、エヴァはあらためて眺めた。伯父がこの二人をそばに置いておきたがるのも無理はない。新しくできた義理の姪《めい》と、存在が明らかになったばかりの娘。どちらも一族に迎え入れるには申し分ない。聡明《そうめい》で努力家で有能、しかもこんなに美しい。今夜の彼女たちの輝きはまた格別だ。金銀のビーズで彩られたエンパイアドレスをまとったジェンナも、長身の優美な曲線に沿うメタリックブロンズ色のホルターネックドレスを着て、小麦色の背中を大胆に見せているソフィーも。

自分とザックを巡る状況は好転していないものの、兄の態度は確かに軟化している。ブランチのあと、兄とザックはずいぶん長く話し合ったようだが、どんな話をしたのかザックは教えてくれようとしない。目下、不安定な休戦のさなかにいるような気分だった。緊張をはらんだ平穏はなんだか妙な感じだ。

しばらくしてエヴァは、周囲にどことなく違和感を覚えた。見回すと、人々が興奮の面持ちで囁《ささや》きを交わしている。エヴァと目が合い、慌てて顔を背ける人がいた。次の人も、また。なんなの、いったい？

さっと人垣が割れたのは、トレヴァー・ウェクスフォードのために道が空けられたせいだった。彼は猛然とこちらへ向かってくる。すさまじい形相をして。

「あのばかども、どういうつもりなんだ！」トレヴァーは怒鳴った。「鬼才だか天才だか知らないが、あいつらとは金輪際関わらないぞ！」

「いったいどうなさったんですか？」まったくわけがわからなかった。

トレヴァーはスマートフォンを掲げた。「ブルーム兄弟のソーシャルメディアで投稿された記事だ」

画面に目を凝らしたエヴァは息をのんだ。トレヴァーが親切にもスクロールし、写真が次々に現れる。おぞましくも稚拙な加工写真の数々。全裸の女性やSM女王たちの、顔だけがすべてカリスタだった。詐欺師、売女《ばいた》、ビッチといったキャプションがついている。

エヴァはきっぱりと否定した。「ブルーム兄弟じゃありません。絶対に違います。アカウントを乗っ取られたんです」

「だったら、なんとかしろ！　今すぐやめさせるんだ！　さもないとあの二人、ただじゃおかないぞ。きみもだ！　状況をわかってるのか？」

「ええ。どうか落ち着いてください。ボビーとウィルバーの仕業じゃないのは確かですから――」

「証明できるのか！」

「ええ、少しだけ時間をください」エヴァは助けを求めて周囲を見回した。

すぐ後ろにソフィーがいた。すでにスマートフォンを手に仕事モードに入っている。

「……土曜のこんな時間に悪いんだけど、ミンディ。緊急事態なの。チーム全員に連絡して。ブルーム兄弟のアカウントがハッキングされた。大至急、犯人を突き止めたい。何かわかったらすぐに知らせて。うん、ありがとう」彼女は電話を切った。「ミスター・ウェクスフォード、うちのサイバーセキュリティ・チームを動員しました。業界のトップクラスの面々です」

「だといいがな」トレヴァーはエヴァたちを睨《にら》んでから、大股に歩き去った。

エヴァは感謝を込めてソフィーを見た。「ありがとう。急いでウィルバーとボビーをつかまえなきゃ。このことは、わたしから知らされるほうがまだましでしょう」

そのとき、慌てふためいた様子でこちらへ向かってくる彼らが見えた。手遅れだったようだ。エヴァが待っていると、ボビーが脚をもつれさせ、ふくよかな年配女性の持つシャンパングラスにぶつかった。中身がこぼれて彼女の胸元を濡《ぬ》らす。ボビーはテーブルのナプキンをつかむや、深い胸の谷間をみずから拭こうとした。まずい！

エヴァは駆け寄ってボビーの腕を取り、わめく女性から引き離した。「ごめんなさい、ミセス・ウィンスロップ！」大きな声で謝りながら、兄弟を引っ張って会場を出た。階段室に飛び込んで、ひとつ下の踊り場まで駆け下りる。「あなたたち、大丈夫？」

「誰かがぼくらをつぶそうとしてる！」ボビーは半泣きだった。「アーネストからハッキングのことを聞いたんだ！　ネットでカリスタを中傷して、ぼくらの仕業に見せかけてるやつがいるって！」

まったく、アーネストったら。余計なことを吹き込んでこの二人をわざわざ動揺させることはないのに。

エヴァは懸命になだめた。「心配いらないわ、ボビー。すぐに解決するから」

「だけどもう、いやらしい写真がカリスタ・ウェクスフォードのソーシャルメディアに出回ってるんだよね？」ウィルバーはしきりに瞬《まばた》きしながら爪を噛《か》んでいる。「こんなところ、来るんじゃなかった！　ぼくたちを嫌ってるやつらにしたら、ちょっかいを出す絶好のチャンスなんだ」

「それは違うわ、二人とも。悪意に屈してどうするの。ソフィーのチームが動いてくれているから、あなたたちの仕業じゃないことはすぐ明らかになる。あなたたちはしばらく目立たないようにおとなしくしていて。そのあいだにわたしはザックを捜す。彼の意見を聞きたいの。大丈夫よ、ね」

階段を駆け上がりながらエヴァは思った。たった一週間でこんなに変わるものだろうか。自立したタフな女だったはずのエヴァ・マドックスが、助けを求めて恋人のもとへ飛んでいくなんて。膝を擦りむいた子が、よしよしと優しく手当てしてもらいたがるみたいに。だけど、凄腕《すごうで》のセキュリティ専門家が恋人でよかった。この贅沢《ぜいたく》な立場を存分に利用させてもらおう。

不安でも心細くても、そばにザックがいてくれる。それはなんて幸せなことだろう。

18

またただ。ザックは、近くで談笑する男性グループの一人と目が合った。向こうの視線はすぐにそれ、仲間同士、声を抑えて笑い合う。これでもう何度めだろう。

ドリューの話に集中しなければ。ブルーム兄弟とのやりとりについて、彼は語っている。

「……エヴァの言うとおりだった。あの兄弟が取り組んでいること、あれがまさにビヨンド・アース・プロジェクトの実現に足りないものだったんだ。時の人になってしまった彼らだが、うちと組んでくれることを願うよ」

また複数の忍び笑い。

むっとしながらザックはつぶやいた。「なんなんだ、あいつら」

「あいつら？」ドリューが後ろを振り返ったが、グループはすでに散り散りになっていた。

「なんだか人にちらちら見られているようなんだ。ちょっと前に気がついたんだが」

ドリューの眉が上がった。「やましい気持ちがあるからそう感じるんじゃないのか？

友人の妹のベッドに忍び込んだりするから」

「やましさなどあるもんか。これっぽちも、ない」

「なあ、ドリュー」ヴァンがうんざりしたような口調で言った。「この話はもう一段落したじゃないか。こんな衆人環視の中で蒸し返すなよ」

「それより」ザックは首を振った。「ぼくが消えたほうがいいだろう。愛《いと》しい恋人のところへ行ってくる。礼儀にかなった理性的な会話ならいつでも歓迎するぞ」

大股に歩きだしたザックは、混み合った会場の出口近くまで来たとき、ふと思った。ドリューの言うとおり、自分は神経過敏になっているのかもしれない。無理もない。過保護で尊大なお兄様との丸一日にわたる話し合いで疲労困憊《こんぱい》しているのだから。まったく、ドリューのやつめ。

「ザック！　よかった、ここにいたんですね！」

振り向くとアーネストがいた。感電でもしたかのようにホワイトブロンドの髪が突っ立っている。

「どうした？」思わず語調が強くなった。「エヴァに何かあったのか？」

「いえ、でも、問題が起きたんです！　一刻も早くあなたに知らせようと――」

「ザック！　あなた、知ってたの？」後ろのほうで金切り声があがった。

見ると、戸口にカリスタ・ウェクスフォードの姿があった。体にぴったり張りつく黒いベルベットのドレスを着て、芝居がかったポーズで立っている。首から下がる幾重ものダイヤモンドの連なりを、ほとんどあらわな胸が大きく持ち上げている。だが、そこに視線を向けている場合ではなかった。彼女は、おまえの頭を引きちぎってやると言わんばかりの剣幕だ。

「どうしました?」ザックは問い返した。「知っていたかって、何をです?」

「これよ!」彼女は叫び、スマートフォンを突きだした。

画面に顔を寄せたザックは、おぞましい写真に眉をひそめた。「これは、ひどい」

「信じられない!」耳障りな甲高い声に、一帯から視線が集まった。「トレヴァーはね、あの変人兄弟が望むものはすべて提供すると言ってたのよ。その返礼が、これ?」

「ブルーム兄弟は悪くありません」

「彼らのアカウントよ! あの二人がこれをばらまいてるの!」

「ボビーとウィルバーは決してこんなことはしません。たとえやり方を知っていたとしても。知っているとは考えにくいですが」ザックは続けた。「彼らがソーシャルメディアを駆使しているとしたら驚きですよ。まずは彼らのアカウントを誰が管理しているのか調べて、そこから――」

「エヴァです」アーネストが言った。

ザックは戸惑いながら彼のほうを見た。「なんだって？」

「彼らのアカウントを管理してるのはエヴァですよ」訳知り顔でアーネストは答えた。

「おっしゃるとおり、ブルーム兄弟はソーシャルメディアになんて全然関心がないんです。それでエヴァが何年か前に彼らのアカウントをつくって、それからずっと彼女が管理してます」

カリスタが目を見開いた。「なるほど、そういうことね！　彼女、わたしに嫉妬してるんだわ。ロサンゼルスの展示会で、わたしがあなたを誘ったじゃない？　だからよ。あの小娘、わたしに喧嘩《けんか》を売って勝てるとでも思ってるのかしら」

「違います」ザックはすぐさま否定した。「絶対に違う。エヴァがこんな真似《まね》をするわけが——」

「かばうとろくなことにならないわよ」カリスタは凄《すご》んだ。「さっさとあの女の本性に気づきなさい。さもないとあなた、ひどい目に遭うわよ。言っておくけど、ザック、わたしはエヴァ・マドックスを許さないから。二度と仕事なんてできなくしてやる。あなたも一緒につぶされたくなかったら、彼女から離れることね」

カリスタはくるりと後ろを向くと、ヒールを鳴らして歩き去った。

ザックはアーネストに向き直った。「エヴァを見つけないといけない。大至急だ」

「階段を駆け上がっていくのを見ましたけど。ブレイズンのオフィスじゃないかな」

「ありがとう」

ザックは人垣をかき分けて走った。無数の視線や囁《ささや》き交わす声にかまっている場合ではなかった。金ピカ時代（一九世紀後半、南北戦争後の経済急成長期）の豪奢《ごうしゃ》な螺旋《らせん》階段を駆け上がる。

二階まで来たとき、ひょっとしたらと思い、図書室へ入った。書棚や革張りのソファや閲覧机を縫って歩いてみたが、エヴァはいなかった。

階段のほうへ戻りかけたザックは、ヴィクラムが入ってくるのを見て立ち止まった。ヴィクラムの表情は暗く、黒い目は気遣わしげだった。

「よかった」彼は言った。「ここにいたんだな。捜したよ」

「ヴィクラム、今は話してる時間がないんだ。エヴァをつかまえなきゃならない。ちょっと困ったことになってる」

「知っている。話したいのは、その件についてだ」

その口調に、ザックは得体の知れない不安をかき立てられた。「どうした？」

「その……なんと言えばいいのか――」

「はっきり言ってくれ」

ヴィクラムが口もとを引き締めた。「わかった」スマートフォンを取りだすと画面をタップする。「エヴァについていたボディガードの一人が、ネットでこれを見つけた。二時間ほど前に投稿されたものだ」彼は動画の再生ボタンを押し、スマートフォンを差しだした。

ザックは慎重な手つきでそれを受け取った。爆発物か何かのように恐る恐る持つ。

動画のタイトルは、こうだ。『初めてのキス　パート1：彼は危険なボディガード！』

ロサンゼルスのホテルの、エヴァが泊まった部屋だった。カメラはまっすぐベッドに向いている。突然、エヴァを抱きかかえたザックが現れた。彼女はまだグレーのキャミソールとショーツを身につけていて、両脚をザックの腰に回している。ザックがベッドに腰かけて彼女を引き寄せる。膝にまたがった彼女はザックにすがりついて身もだえし、キスを始める……。

動画はそこで終わった。字幕が出る。

〝気に入った？　まだまだ、これからよ！　いいねと拡散、よろしくね！　パート2をお楽しみに！〟

ヴィクラムが腕を伸ばし、脱力したザックの手からスマートフォンをそっと引き取った。

「その様子からすると、知らなかったようだな」

「ああ、知らなかった」ザックは声を絞りだした。

「そうか。いや、もしかしたら……その、楽しむために自分たちで録画した可能性もあるのかと――」

「楽しむため?」声が大きくなった。「楽しむためだと?」

ヴィクラムが両手を上げた。「仮にそうだったとしても、誰も批判はしない。そういうことのために動画を使う人は世の中にたくさん――」

「ぼくは、そんなものは、使わない」ザックは一語一語を吐き捨てた。

「怒らないでくれ」ヴィクラムが急いで言った。「きみに知らせないわけにいかないと思ったんだ」

ザックはかぶりを振った。「きみに腹を立てているんじゃない。ただ……わからないんだ。いったいなぜこんなことが起きたのか」

「それなんだが」ヴィクラムは、ごくりと喉を鳴らした。「カリスタ・ウェクスフォードの一件と合わせて考えると、妙だと思わないか?」

「妙とは?」ザックの声はさらに険しくなった。

「この動画は急速に拡散されている。同時に、エヴァ・マドックスとブレイズンが急上昇ワードに入った」

ザックはかぶりを振った。「まさか」

その瞳にたぎる怒りに、ヴィクラムは怯《ひる》んだ。「すまない。きみは聞きたくないだろうが、言わせてもらう。これはおそらくエヴァが仕組んだんだ。ネット上でバズらせ、〝いいね〟やフォロワーや閲覧者の数を稼ぐ、それが彼女の仕事だ。カリスタの件がいい例だろう」

「きみは間違ってる。エヴァがブルーム兄弟を傷つけるようなことをするわけはないんだ。彼女はあの二人を心から大切に思っている。言っていいことと悪いことがあるぞ」

ヴィクラムは慎重に一歩後ろへ下がった。「すまなかった」固い声で言う。「黙っているべきだったかもしれない。しかし、これも自分の仕事だと思ったんだ。この目で見たもの、この頭で考えたことを、きみに伝えなければ、と。たとえどれほど言いにくくても」

「知らせてくれてよかった。率直な意見も参考になる。だが、とりあえず今は棚上げだ。時間ができたときにまた話し合おう」

ヴィクラムはほっとした表情を見せたあと、逃げるように図書室から出ていった。

ザックはその場に立ち尽くした。体の中では怒りがうずまいていたが、現実を見つめなければと自身に言い聞かせた。彼は危険なボディガード、だったか？　スマートフォンを出すと、ヴィクラムが使っていた動画サイトを開いて検索バーにタイトルを打ち込んだ。

本当だった。再生回数はすでに三千と七十。これはラブシーンの始まりのごく一部で、長さにしてわずか二十五秒の動画だが、この先も録画されていると考えるのが妥当だろう。何時間にもわたる激しいセックス動画。主演はザックとエヴァ。世界中が視聴する。友人、同僚、上司。妹も。母も。

ドアが開いた。エヴァが誰かと電話で話しながら入ってきた。こちらを見ると目を輝かせたが、通話は続いた。

「ううん、まだ。たった今、図書室で見つけたわ。だから心配しないで……そこで待ってて。緊急事態だってことはわかってる。できるだけ早く行くから。その前にザックと話をしないと。ええ……そうね。それじゃ」電話を切ると、エヴァは急ぎ足で近づいてきた。「あなたを捜してたの！　大変なことになっていて。ブルーム兄弟のアカウントが乗っ取られたわ。わたしのときと同じ」

「そうか」

ザックの口調の素っ気なさに、きれいな眉が訝《いぶか》しげに持ち上がった。「それでね、どうもわたしを中傷してる犯人と同一人物の仕業みたいで」

「それは大変だ」その声はザック自身の耳にも空々しく響いた。

事実を見届けろ、ザック。事実は小説より奇なり、だ。いや、事実はおまえの夢物語より奇なり、か。何を失うことになろうとも、目を背けるな。

何かがおかしい。

エヴァは、彼のかたわらへ行き着く前に足を止めた。「ザック？　大丈夫？」

「いや、全然大丈夫じゃない」

「どうしてそんな顔でわたしを見るの？　力を貸してもらおうと思ったのよ。もう知ってたのね、このこと」

「エヴァ。これは知ってるか？」そう言ってスマートフォンの画面を向ける。

動画が流れ、ただ呆然《ぼうぜん》とそれを見つめた。自分のスマートフォンが手から離れてカーペットに落ちた。

動画が終わった。エヴァがザックの顔を両手で挟み、キスしようとしているところで画面は静止している。

「ロサンゼルスだ。きみのパソコンで撮影されている。確か、机の上に置いてあったな」

エヴァは呆気《あっけ》に取られて彼を見つめた。「まさか、わたしが撮影したと思ってるんじゃないわよね？」囁くような声になった。「やめて、ザック。どうしてわたしがそんなこと

「……」

「わからない。だが、ぼくたちがああなることは誰も知らなかった。そうさ、ぼく自身、予想もしていなかった。ほかに誰がお膳立てできた？」

「わたしが……セックステープを……つくると思う？」エヴァはかすれた声を絞りだした。

「そして、それをネットにアップして、世間に公表するって？　悪夢以外の何ものでもないわ！　そんなことして、いったいなんになるの？」

「だから、わからない。ぼくにはその理由がわからないんだ」

「わたし、あなたに嘘をついたことはないわ！」エヴァは必死に訴えた。「あなたにだけは正直に自分をさらしてきた。生まれてから今まで、これほど誰かに正直になったことはなかった！」

「それなら、説明してくれ」ザックはスマートフォンを振った。「これはなんなんだ？　きみじゃなければ、誰にこれができた？」

エヴァは小さな声で答えた。「見当もつかない」

しかし、もう何を言っても無駄なようだった。ザックの、強固なレンガの壁みたいなあの顔。そこに浮かぶ困惑と疑念。すさまじい怒り。

エヴァは後ずさりした。「これ以上、話し合うことはなさそうね。帰るわ」

「警護の人間に家まで送らせよう」

「いいえ。今後は、自分の身は自分で守ります。ご心配なく」エヴァはストールを巻き直すと、くるりと向きを変えて廊下へ飛びだした。

転がるように階段を走り下りる。そのあいだに何人もに声をかけられ名前を呼ばれた。ソフィーの心配そうな顔が目に入った。会場の向こうのほうから兄がこちらを見ている。どちらも遠くにいてくれてよかった。螺旋階段を下りきって、表へ飛びだしていくのを阻止されずにすんだから。

シアトルらしい霧雨が熱い頬に心地よかった。ドレスの裾を両手で持ち上げ、エヴァはふらふらと通りを歩いた。

この感覚なら知っている。あの夢と同じ。飛行機は容赦ない引力につかまってしまった。真っ逆さまに落ちていく、落ちていく――

衝撃に備えよ。

19

ザックは、混沌《こんとん》を極めたアンバル州での任務を思い出していた。この情報は本当に正しいのか、と漠然とした疑念が脳裏にちらつく感じは、あのときと同じだ。得体の知れないものが脳をつつくのだが、思考を押し進めさせるほどの力はない。

ばかばかしいか？　この心の最も大切な場所のど真ん中に爆弾が仕掛けられ、それを自分で爆発させておきながら、今さら疑いを持つのは。

いや、疑って当然だろう？　自分はこんなにもあの女性を愛しているのだから。

「……聞こえてる、ザック？　ねえ！　ザックってば！」

はっとして振り向くと、戸口に青い顔のソフィーが立っていた。スマートフォンを手にしている。

「なんだ？」

「エヴァがすごい勢いで走っていくのを見たんだけど。何かあった？」

「ぼくと揉《も》めた」

ソフィーが唇を引き結んだ。「追いかければ仲直りできるんじゃない？」

「無理だと思う」

「でも彼女は――」電話が鳴り、ソフィーは応答した。「ミンディ？　どうだった？」ひとしきり相手の話を聞いている。「やったわね。今すぐ行ってみる。また連絡するわ」そこで通話は終わった。「カリスタ・ウェクスフォードを中傷する投稿はブレイズンのＩＰアドレスから発信されていた。この建物内にあるエヴァの会社から。誰の仕業か知らないけど、その人物は今この瞬間も投稿を続けてる。現在進行形。今度は発信元を隠そうともしていない。急いでエヴァに電話して戻るよう言わなきゃ。まだ遠くへは行ってないと思うから。みんなで上へ行って犯人を突き止めるのよ」

愕然《がくぜん》とした。これ以上ないほどの衝撃だった。「どういう意味だ？　エヴァはこのビルのどこかにいるはずだ」

「いいえ、いないわ。外へ飛びだしていくのをこの目で見たもの！　窓の外を見てごらんなさい。まだ通りを歩いてるはずよ。あのドレスだから離れていてもわかるでしょう」

ザックは窓に顔を寄せて外を見た。彼女の姿はすぐにわかった。ドレスの裾はビル風にあおられ、アップだった髪がほどけてむきだしの背中で波打っている。ひるがえるストールがまるで戦旗のようだ。

エヴァは関わっていなかったのだ。彼女は今、ブレイズンのオフィスにはいない。スマートフォンも手にしていない。

安堵《あんど》や罪悪感や恐れの入り交じった複雑な感情がザックの胸をついたが、今はそれにかまっている場合ではなかった。

隣へ来たソフィーもエヴァの姿を認めると、気遣わしげに吐息をついた。彼女はスマートフォンに番号を打ち込みながら言った。「急がないと」

近くでロックンロールが鳴りだした。エヴァのスマートフォンの着信音だ。

「嘘でしょう」床に落ちていたスマートフォンを拾い上げると、ソフィーはザックのほうを見た。「どうやらあなたはとても愚かな結論に飛びついたようね」

「責めるのは後回しにしてくれ」ザックはすでに駆けだしていた。「ブレイズンへ向かうぞ」

飛ぶようにして最上階まで駆け上がった。ひとけのない廊下を奥へ走る。ブレイズンPR&ブランディングと書かれたドアの前に立つと、忙《せわ》しなくキーボードを叩《たた》く音が聞こえた。ザックは勢いよくドアを開けた。

現れたのは、アーネストが一心不乱にタイプする姿だった。ぎょっとしたように振り返った彼は、ザックを見ると一瞬ぽかんとした顔になった。それからすぐにパソコンに向き直っていくつかキーを叩くと、脱兎《だっと》のごとく駆けだした。向かうのは非常口だ。

ザックは追いかけた。アーネストが扉を押し開ける寸前に、襟首をつかんで引き戻す。

「じたばたするな！」

「放せ！　放してくれ！　首が苦しい！」

「放すもんか。ここで何をしていた？」

「仕事ですよ」アーネストは半泣きだった。「やらなきゃいけない仕事を思い出したから、だから、片付けちゃおうと思って。そしたら明日ゆっくりできるから。びっくりさせないでくださいよ」

ザックはパソコンに目をやった。画面は今、ブルー一色だ。「痕跡を消そうとしたのか？　手遅れだな」

アーネストはもがいた。「痕跡って？　あなた、頭おかしいんじゃないですか？」

「カリスタを中傷する投稿をしていたのはおまえだ。ここにはおまえしかいない。エヴァはこのビルの外にいる。何が目的なんだ？　さっさと吐いたほうが身のためだぞ」

アーネストが唇を舐《な》めた。しきりに瞬《まばた》きをしている。

ザックは待った。じりじりと時間が過ぎていく。そのあいだもシャツをつかむ手の力を緩めず、神の怒りもかくやという形相で若造を睨《にら》みつづけた。

効果はあった。ほどなくアーネストの体から力が抜け、唇がわななきはじめた。「ちくしょう」声も震えている。「あんたのせいだ……あんたのせいで台無しになった。せっかくうまくいきそうだったのに」

「何がうまくいきそうだったんだ」

「エヴァが真っ先にここに現れるはずだったんだ。あんたじゃなくて！」アーネストはめそめそ泣きだした。

この瞬間、すべてが腑《ふ》に落ちてめまいがした。パズルのピースがぴたりとはまった。今まで気づかなかった自分自身を、ザックは呪った。

「図書室へ入りながらエヴァが電話で話していた相手は、おまえだったんだな」ザックはゆっくりと言った。「おまえは彼女をここへおびき寄せるつもりだった。そして、カリスタに関する投稿がここから発信されていることをわざとばらした。そうすれば、ぼくやソフィーたちがここへ駆けつけてエヴァを見つける。現行犯だ。カリスタとトレヴァーも一緒に来るなら、さらに都合がよかった」

「あんたが計画をぶっつぶしたんだ！」

「否定はしない」ザックは、キャスターつきのオフィスチェアの上にアーネストを放りだした。後ろ向きに椅子ごと強く押して、壁にぶつける。そうしてそばへ歩み寄った。「なぜこんなことをした」

「やめてくれ！」アーネストは立とうとした。ザックが阻むと、彼はどさりと椅子に尻を落とした。相変わらず泣き続けている。

「泣いても助けは来ないぞ、アーネスト。さっさとしゃべるんだ」

「エヴァが悪いんだ！　自業自得だ！」アーネストは叫んだ。「彼女のせいで兄さんは刑務所行きになった――あの嘘つきババアのせいで！　あることないことくっちゃべって！　コルビーはなんにもやってないのに！　おれはコルビーを知ってる！　絶対あんなことをする人間じゃない！」

「コルビー？　ちょっと待て……それはコルビー・ホイトのことか？　おまえはコルビー・ホイトの弟なのか？　しかし、名字は違ったよな」

「母親が違うんだ」アーネストは盛大に鼻をすすった。「年は八歳離れてる。父親はおれの母さんと結婚したことはない。だからおれ関連の記録には、父親の名前も兄さんの名前も載ってない。けど、それでも兄さんなんだ。ほっとけなかった！　去年せっかく仮釈放の一歩手前まで行ったのに、またあの女がでたらめだらけのビデオを広めてチャンスをつぶした！」

ザックは、エヴァと初めて食事をしたときの会話を思い起こした。言われてみれば、ニュースで見たコルビー・ホイトは、髪や肌の色がアーネストによく似ていた。ホワイトブロンドの髪、あるかないか一見しただけではわからない眉毛とまつげ、まぶたがかぶさり気味の大きな目。だがコルビーは弟よりも目つきが鋭く、冷淡な印象が強かった。

ザックは冷ややかな声で言った。「なるほどな。ジュディ・ウェランの釈放に尽力し、コルビーを有罪に導いたエヴァに、おまえは恨みを募らせた。その挙げ句、腹いせにこんなことを——」

「あんな女、報いを受けて当然だ！」鼻が詰まったような声でアーネストはわめいた。「エヴァは物語をでっち上げてビデオをつくる。ドキュメンタリーでも、なんでもそう。いかにも本当らしく見えるけど、嘘っぱちだらけなんだ！」

この若造を思いきり殴りつけてやりたいとザックは思ったが、深呼吸をして気持ちを静めた。

「だから懲らしめてやろうと考えたのか。彼女の評判を落としてやろうと。セックステープをこしらえたり、ブルーム兄弟を利用したりして」

「エヴァにとってビデオ制作はゲームみたいなものだ。けど、そのゲームならおれだってプレイできる。向こうの得意技を使って対抗したのさ。あの女が嘘つきでいかさま師だってことを世界中に知らせるために」

「彼女はおまえを信頼していた。おまえがいずれこの業界で独り立ちするときには、大いに力になってくれただろう。だが、そんな可能性をおまえはみずからの手で葬り去った。ばかなことをしたな、アーネスト」

アーネストはまた声をあげて泣きだした。「しかたなかったんだ！」泣きじゃくりながら叫ぶ。「ほんとは兄さんから頼まれたんだ、あの女に――」

「聞きたくない」ザックはさえぎった。「そこのところに興味はない。その話は弁護士用に取っておけ。警察に通報する前に、もうひとつだけ聞いておく。あのビデオの続きを投稿したか？」

「今のところはあの予告編だけ。だけど次の分も編集とアップロードはすんでる。そうだな、二時間半ぐらいになったかな、休憩とかおしゃべりとかをカットしたら。あとは公開のボタンを押すだけだ」アーネストが狡猾《こうかつ》そうな目つきになった。「なあ、取り引きしないか？　おれはあれを削除する。そしてあんたはおれを……見逃す」

「こうしよう」ザックは言った。「おまえはぼくの目の前で、あのビデオも残りも全部消す。そうすれば、警察を待つあいだにおまえの体中の骨を折るのはやめてやる。嬉《うれ》しいだろう？　五体満足でいられるんだ。どうだ、取り引きに応じるか？」

アーネストは顔をくしゃくしゃにしてまた泣きだした。「兄さんの代わりにやったんだよ」

やがて警察が到着した。時間がじりじりと過ぎていく。ザックは一刻も早くエヴァを捜しに行きたかったが、効率とはほど遠いお役所仕事が終わるまで、足止めを食うことになった。

エヴァの関係者も続々とやってきた。ソフィー、ヴァン、ドリュー。べヴとヘンドリックを伴って現れたマルコムは、噛《か》みつくような勢いでザックに説明を求めた。つかの間、明るい雰囲気になったのは、エヴァを無事に自宅へ送り届けた旨、ジェンナからザックに連絡が入ったときだった。けれどその後は、ジェンナが電話をしてもエヴァは出ないという。その場でザックもエヴァの自宅にかけてみたが、留守番電話に切り替わった。避けられているのだろうか。

だとしても自業自得だ。そう思いつつ、ザックはいてもたってもいられなかった。

エヴァはマルコムやドリューの電話にも出なかった。ならば直接顔を見に行く、と兄と伯父は言いだした。これでまた、ザックが彼女の家へ行く機会は先送りになった。

部屋を出かかったところでドリューが足を止め、こちらを振り返った。穏やかな目をしている。

「今日はきついことを言って悪かった。だがぼくには責任というものがあるんだ。おまえも妹がいるからわかってくれるよな。エヴァの安全を守ってくれてありがとう。最後にひと言言っておくが、がんばれよ。エヴァとのことだ、もちろん」

ザックは奥歯を噛みしめた。「ああ、相当がんばらないとな。アーネストの罠《わな》にはまっていたのは短いあいだだったが、エヴァはそのときのぼくを見て、裏切られたと思い込んでる」

「修復しろ」ドリューが声に力を込めた。「必ず誤解を解くんだ。両親の飛行機事故以来、今日ほど幸せそうな妹は見たことがなかった。あいつにはちゃんと幸せをつかんでほしい。だからなんとかしろ、兄弟」

ザックは力強くうなずいた。

甥《おい》に負けじとばかりにマルコムが進みでた。腕組みをして、もさもさの白い眉の下からザックをじろりと睨むと、咳払《せきばら》いをひとつする。「むろん、わかっているだろうが、もしもあれを悲しませるような真似《まね》をしたら、わたしはきみの頭を引きちぎってボウリングの球にするぞ」

ザックは吹きだしそうになったが、ぎりぎりのところでこらえた。「そういう事態には至らないと思います、ミスター・マドックス」

ようやく自由の身になると、ザックはまっすぐエヴァの家へ向かった。そうして身内の面々が引き上げるまで、離れたところに車をとめて待機した。

やがてみな、帰っていった。ザックは階段をのぼって玄関の前に立ち、自身が取りつけた防犯カメラを見上げた。

そして神の慈悲を乞いつつ、ブザーを押して待った。

20

ドア横の壁にはめ込まれた防犯カメラのモニターを見て、エヴァは震えた。よりによって、今? ついさっきまで、電話で、あるいは直接会って、何人もの人と数時間にわたってやりとりをしていたのだ。ブルーム兄弟、ウェクスフォード夫妻、マルコム伯父、兄夫婦、ソフィー、そして警察。エヴァは疲れ果てたものの、みんなにとっては、これで今回の騒動は落着したようだった。

ただし、エヴァとザックだけは違う。二人にとって、問題は未解決のままだ。

カメラの向こうからザックがまっすぐこちらを見つめている。この表情。心の扉を大きく開け放っているときの表情だ。こちらでインターフォンのボタンを押していないから、彼の声は聞こえない。でも、唇の形でわかる。頼む、と彼は言っている。

ああ、苦難の一日はまだ終わりじゃなかった。これが最後の仕上げというわけ?

エヴァはインターフォンのボタンを押した。「帰って、ザック。わたしは無事だから。

お互い、今日は早く休みましょう」

「頼む、中へ入れてくれ」

鍵は渡してあるのに、ザックはそれを使おうとはしない。使ってはならないと思っているのだ。ママとおじいちゃんにきちんと躾《しつ》けられた彼は、古風で礼儀正しい。

「すごく疲れてるの」インターフォンに向かってエヴァは言った。「さっきまで伯父たちが来ていて」

「知ってる。みんなが帰っていくのを見た。この先に車をとめて待っていたんだ」

「そう。とにかくくたくたで、あなたの相手をする元気は残ってないの。正直なところ、あなたと話すことはもう何もないし」

「こっちは話したいことが山ほどある。お願いだからドアを開けてくれ。こんなことを頼める筋合いじゃないのは百も承知だ。それでも頼む。土下座したってかまわない」

エヴァは一瞬、言葉に詰まった。「土下座ですって？　泣く子も黙るザック・オーステインが？」

「きみが、しろと言うならする。中へ入れてくれ」

エヴァはためらった。また新たな苦しみや動揺に襲われるのはいやだった。それに、泣いて崩れた化粧は落としていないし、風に乱された髪を梳《と》かしてもいない。とりあえずシユシュでひとつにまとめてあるだけだ。

いちばん簡単で、いちばん説得力に欠ける言い訳を口にした。「わたし、ひどい見た目なの。また今度にしましょう、ザック」

「きみはいつだって誰よりもきれいだ。ぼくが心からそう思っているのは、きみもよく知っているだろう？　五分でいい。五分たったら消えると約束する」

短いながらも深いため息をついてから、エヴァは勢いよくドアを開けた。

まとっているのは深紅のフリースのバスローブだ。その裾から突きでている足は裸足《はだし》。ジェンナに拾われるまで、ハイヒールで長く歩きつづけたせいでズキズキ痛む。ジェンナはエヴァを捜すために車を呼び、走りまわって見つけだし、さらには家まで送り届けてくれたのだった。親友の優しさが胸に染みたのは何度めだろう。

ザックが中へ入ってドアを閉めた。開いた手のひらを出されてエヴァが見ると、そこには鍵が二つのっていた。このドアにつけられたばかりのダブルロックの合い鍵を、ロサンゼルスから戻ってすぐに渡してあったのだ。

「これは返す」ザックは言った。「持っていてこれほど嬉《うれ》しいものは、生まれてこのかたなかった」それをドアのそばの棚に置く。「いつかまた持たせてもらえることを願っている」

棚の上で輝く真新しい鍵から、エヴァは視線を引き剥がした。「形から入るタイプ、ね」

ザックの目が、すっと細くなった。「意味がよくわからないが」

「たいした意味はないわ。余計なおしゃべりだった。やっぱり疲れてるみたいね、早く寝たほうがよさそう」

「ボディガードなしで?」

エヴァは皮肉めいた微笑を浮かべた。「もう終わったでしょ? 危険は去った。わたしの日々はもとに戻るの。悪夢なんかも込みでね」

「エヴァ――」

「それにしてもショックだったわ。何もかもアーネストの仕業だったなんて。彼のこと、一人前になるまで育てるつもりだったのよ。機転が利くし、見込みはあると思ってた。ところが向こうは、最初からわたしを陥れるつもりで策略を巡らせていたというわけ。またやっちゃったって感じ。わたしの判断力のお粗末さが露呈した一件だったわね」

ザックは手を払うしぐさをした。「まだ終わりじゃない。そんなふうに片付けることはぼくにはできない。これからもきみを守りつづけたいんだ。きみを傷つける恐れのあるものすべてから」

「それが、あなた自身だったら?」

ザックはたじろいだ。「エヴァ、頼むから――」

「〝エヴァ、頼むから〟って言うのはやめて。あなたがわたしのことをどんなふうに見ているか、今日はっきりしたわ。あなたがはっきりさせてくれた。あとはわたしがその情報を処理するだけ。それは一人でやりたいの。だから、帰って」

ザックは一歩進みでた。が、エヴァがびくりとして後ずさるのを見て足を止めた。

「アーネストはあのセックステープを使ってまんまとぼくを欺いた。それで……そう、頭に血がのぼってしまった」

エヴァはごくりと唾をのんだ。「そうよ、アーネストが仕掛けたの。わたしがその可能性に気づくべきだった。だけど彼を信頼していたから、思いつきもしなかったわ」

「それはぼくも同じだ。冷静でいたら思い出したはずなんだ。初日の夜、プールにきみを捜しに行く前、アーネストがきみの部屋にいたことを」

「でもあなたは冷静でいられなかった」

ザックはかぶりを振った。「ああ、いられなかった。お願いだ、エヴァ。許してほしい」

「ずいぶん簡単に言うのね」

「どれだけ時間がかかってもいい。きみが許してくれるまで待つ。何日でも、何カ月でも、何年でも」

それきりザックは黙って立っていた。

エヴァは彼と目を合わせられなかった。自分が崖っぷちにいるのがわかった。もしここで彼の顔を見たら、絶対に泣いてしまうだろう。くじけてしまうだろう。

ザックが静かに口を開いた。「誤った情報をぼくは受け取った。誤りとは知らず、ぼくは打ちのめされた。最大の弱点を突かれたんだ」

「弱点?」エヴァは胸の前で腕組みをした。「あなたの最大の弱点ってなんなの、ザック? 許しを請われている身としては、ぜひ聞いておきたいわ」

彼はじっと床を見つめて、考えているようだった。「ぼくの最大の弱点は……」ためらいながら、同じ言葉を繰り返す。「ぼくの最大の弱点は、きみとああいう仲になれたのが現実だとは信じきれずにいたことだと思う。こんな夢みたいなことが本当に起きるはずがないと、無意識のうちに考えていたんだろう。きみみたいな人がぼくに関心を持つなんて、ぼくを求めるなんて、あるわけないと。そこが、ぼくの心のいちばん弱い部分だった」

「ザック……」

「分不相応だという思いが常に頭の隅にあったんだ。これが続くはずはない、今に何か起きるぞと、不吉な予感を抱きつづけていた。だからヴィクラムにあのビデオを見せられたとき、突然過去の自分がよみがえった――ベルリンでエイミーに翻弄され捨てられた、ばかな自分が。相手がはるかかなたの高嶺《たかね》の花だとも知らず、いい気になっていた勘違い野郎が」

「そう……」エヴァは囁《ささや》くように言った。

ザックは話しつづけた。「きみが部屋から走りでた一分後には正気を取り戻した。ブレイズンのIPアドレスが出所だとソフィーから聞いて自分の過ちに気づいたが、すぐにきみを追いかけることはできなかった。アーネストや警察相手に後処理をするのが先だったから」

エヴァは無言でうなずいた。まともに声を出せる自信がなかった。

「ぼくは完璧な人間じゃない」その口調は真剣だった。「弱点も欠点もたくさんある。でも、きみを愛しているんだ。死ぬまできみのそばにいたい。きみはぼくのすべてだ」

そこでザックは声を詰まらせ、うつむいた。

エヴァが震える喉を落ち着かせてしゃべれるようになるのに、少しかかった。けれどいったん口を開いてしまえば、迷いはなかった。彼に伝えたいことはひとつだ。

「わかった」エヴァは囁いた。

ザックが顔を上げた。熱のこもった視線と視線がぶつかり合う。「わかったというのは……何を？」

エヴァは彼に向けて両腕を持ち上げた。「あなたがわたしを愛していること。ずっとわたしのそばにいたいと思っていること」

二人はじっと見つめ合った。流れる空気が電気を帯びる。

「許してくれるのか?」ザックがゆっくりと問う。

「わたしにだって欠点はあるわ。もちろん大きな弱点も」柔らかな声で、でもきっぱりと、エヴァは言った。「だけどあなたは、それを受け止めてくれた」

ザックの顔に、エヴァの気持ちそのままの表情が広がった。暗い夜が明けて、朝日の輝きに包まれたような表情が。

「もう……怒っていないのか?」それでもまだザックはそんなことを言った。「まったく?」

エヴァは声をたてて笑いながら、バスローブのポケットからティッシュを出してそっと鼻を押さえた。「それ、やめてくれない? わたしがあなたの頭に銃を突きつけてるみたいな言い方」

ザックが棚の上の鍵を手に取った。上着のポケットから自分の鍵の束を出し、そのリングにふたつを加える。

エヴァは笑った。「ほら、また形から入るでしょ」

ザックはふたたびポケットに手を入れた。「形から入るのがそんなに受けるのなら、いくらでもやるぞ」そして床に膝をつくと、黒いベルベット張りの小箱を捧《ささ》げ持ち、その蓋を開いた。

エヴァは息をのんだ。「嘘でしょう？　ああ、ザック……」

これほど美しい指輪は見たことがなかった。色合いの異なるゴールドが繊細により合わされたアームに、深い輝きを放つ大粒のルビー。もはや言葉もなかった。

「本当は昨夜渡したかったんだが、いけない妄想の話が始まって機会を逸した。今朝やり直そうとしたら、ジェンナが入ってきた。もうこれ以上は待てないから、言う。どうか、生涯きみを愛し、慈しみ、守る栄誉を、ぼくに与えてほしい」

すぐには声が出なかった。涙がどっとあふれ、顔がくしゃくしゃになる。

「この指輪がだめなら交換もしてもらえる。ダイヤモンドのほうがいいとか、もっとこう、伝統的なデザインがいいとかなら。でも、きっときみはこの赤が気に入ると思ったんだ。今夜着ていたドレスにぴったりだと思った。だけど、そのバスローブにもすごく合いそうだな」

エヴァは吹きだした。笑う声も体も震えていた。「合うわね、とっても」

「これを選ぶのは危険な賭けかもしれないと思った。でも、無難じゃないところがぼくたちらしい感じもするだろう？　だから、思いきった」

「最高よ」エヴァはつぶやいた。「本当に、最高に素敵。すごくすごく気に入ったわ」

「じゃあ、つけてくれるか？　思いきって？」

「ええ」エヴァは答えた。「もちろん、つけるに決まってる。あなたのためならどんな危険にだって飛び込むわ」

震える指にザックが指輪をはめた。サイズは誂《あつら》えたようにぴったりだった。ひんやりしたエヴァの手を、彼が自分の唇に、頬に、押し当てる。その手もやはり震えていた。ザックが立ち上がり、エヴァを抱き寄せた。「ぼくがついてる。きみ一人を危険な目には遭わせない」

唇を重ねながら、彼は最後にそう囁いた。

訳者あとがき

マドックス・ヒルの男たち《Men of Maddox Hill》シリーズも、いよいよ最終話となりました（もちろん、前二作未読の方も十二分に楽しんでいただけますのでご心配なく）。第一作では最高経営責任者《CEO》ドリュー・マドックスがジェンナと結ばれ、次は最高財務責任者《CFO》ヴァン・アコスタがソフィー・ヴァレンテという伴侶を見つけて、マドックス・ヒル建築設計事務所のセクシートリオのうち、残るは最高セキュリティ責任者《CSO》であるザック・オースティン一人となっていました。ジェンナは最先端テクノロジーを使って高性能義手を設計製作する科学者であり、ソフィーはサイバーセキュリティに誰よりも詳しいＩＴエンジニアでした。じゃあ次のヒロインはどんな仕事をしている女性？　と、そこも楽しみにしつつ第三作を待ってくださっていた向きも多いかもしれません。

　意外にも、と感じるのはほんのつかの間で、むしろ必然、とすぐに納得できるその正体は、エヴァ・マドックスでした。ヴァンの妹であり、ジェンナの親友であり、ソフィーの父と判明したばかりのマドックス・ヒル創業者、マルコムの姪《めい》なのですから、シリーズの締めにこれほどふさわしいヒロインはいないでしょう。エヴァの職業は——作中でも何度か登場人物たちが口にしているとおり——ひと言では（日本語ではなおさら）表しにくいのですが、企業や団体のPRとブランディングを請け負う会社を起こし、アシスタントを使いながらプロモーションビデオの制作や展示会のブース企画など、多岐にわたる業務を日々精力的にこなしています。ソーシャルメディアは彼女にとって手足同然のツールであり活動の場でもあるわけですが、そこには落とし穴も多々あって、今や誰がはまっても不思議ではありません。

オンライン・ハラスメントのターゲットにされたエヴァ。女が一人バリバリ仕事をしていくならこれぐらいの逆風は当たり前、とはじめのうちこそ静観していたものの、自宅ガレージに悪質な落書きをされるに至ってさすがに不安が芽生え、ザックに相談。彼の反応は、セキュリティの専門家であることを差し引いても、過剰と思われるほどのものでした。実はザックは十年も前から密《ひそ》かにエヴァに想《おも》いを寄せていたのです。さらに実を言えば、エヴァも同様。けれどどちらにも、本心を相手に告げられない理由がありました。互いの胸の内を知らないまま、護衛する者とされる者として、二人は常に行動を共にすることになりますが——

典型的なボディガードタイプのヒーローと、勝ち気で有能なヒロインの恋物語。とだけ聞けば、ありがちな設定ねと思われる方もいらっしゃるでしょうか。丁々発止のやりとりがあって、誤解やらすれ違いやらを経てハッピーエンドでしょ、とおっしゃりたい方も。まったくはずれ、とは申しませんが、しかしこの作者の手にかかれば、それでここまで読みごたえあるロマンス小説ができあがるのかと、今回もまた感服しきりだった訳者です。ハラハラドキドキのサスペンスやアクションがなくてもページをめくる手を止めさせないのは、さすがシャノン・マッケナ。登場人物の言動ひとつひとつに真実みがあるのはもちろんのこと、まさに今わたしたちが実社会において関心を払っているあれやこれやが、必然性を備えたモチーフとして丁寧に描き込まれています。これらはシリーズの三作すべてについて言えることですが。

たとえばヒーローたちが働くマドックス・ヒル社は、脱炭素社会の実現へ向け、先進的な建造物を世界各地で手がけています。本社社屋の構造には木材がふんだんに使われていると聞いても、もうわたしたちは驚きません。ここ一、二年で日本にもそうしたビルがいくつか完成しました。けれども宇宙建築となると、どうでしょうか。そうした、（少なくとも日本の）一般人にとっては半歩先にあるように見えるさまざまな概念やテクノロジーを知ることができるのも、このシリーズの楽しみのひとつでしょう。第一作では共生社会を支える最新技術が、第二作においてはＩＴ技術がもたらす負の側面とサイバーセキュリティの重要性が描かれていました。そして極めつけが本作です。われらが愛すべきブルーム兄弟の砂漠緑化をはじめとして、素人としては瞠目《どうもく》せずにはいられない活動の数々が紹介されています。

この物語を訳し終えた今、願わずにはいられません。現実の世界に存在する大勢のブルーム兄弟の奮闘が、どうか大きな実を結びますように。わたしたちの子孫の暮らす地球が、今よりも健やかで豊かでありますように。その頃、人々は革新的技術に囲まれながらも、今と変わらず恋したり泣いたり笑ったりしていますように。そしてそうした物語が、今と変わらず書かれ、読まれていますように、と。

二〇二三年三月

新井ひろみ

訳者紹介　新井ひろみ

徳島県出身。主な訳書に、J・D・ロブ『名もなき花の挽歌』、シャノン・マッケナ『この恋が偽りでも』『口づけは扉に隠れて』（すべてmirabooks）、カサンドラ・モンターグ『終の航路』（ハーパー BOOKS）など多数。

mira

真夜中《まよなか》が満《み》ちるまで

2023年3月15日発行　第1刷

著　者　シャノン・マッケナ

訳　者　新井《あらい》ひろみ

発行人　鈴木幸辰

発行所　株式会社ハーパーコリンズ・ジャパン
東京都千代田区大手町1-5-1
03-6269-2883（営業）
0570-008091（読者サービス係）

印刷・製本　中央精版印刷株式会社

VEGETABLE OIL INK

Printed in Japan
ISBN978-4-596-76975-6

mirabooks

この恋が偽りでも
シャノン・マッケナ
新井ひろみ 訳

天才建築家で世界的セレブのフィアンセ役を務めることになった科学者ジェンナ。生きる世界が違う彼に惹かれてはいけないのに、かつての恋心がよみがえり――

口づけは扉に隠れて
シャノン・マッケナ
新井ひろみ 訳

建築事務所で働くソフィーは突然の抜擢で、上司のヴァンとともに出張することに。滞在先のホテルで男の顔を見せられ心ざわめくが、彼にはある思惑が…。

涙は風にふかれて
ダイアナ・パーマー
仁嶋いずる 訳

テキサスの名家に生まれた令嬢ベスは、ある日突然無一文の身になってしまう。手をさしのべてきたのは、苦い初恋の相手だった牧場経営者で…。

雨の迷い子
ダイアナ・パーマー
仁嶋いずる 訳

10年前の雨の夜にテキサスの農場で拾われた天涯孤独のギャビー。恩人であり、兄同然だったボウイと再会して以来、二人の関係は少しずつ変化していき…。

真夜中のあとに
ダイアナ・パーマー
霜月　桂 訳

体調を崩したニコルは静かな海辺の別荘で静養していた。ある日ビーチに倒れていた記憶喪失の男を助けるが、彼は議員である兄が敵対する実業家マッケインで…。

夜明けのまえに
ダイアナ・パーマー
泉　智子 訳

運命の相手だと思っていたコルテスから写真一枚で別れを告げられたフィービー。癒えない傷を抱え見知らぬ地で働き始めたが、思わぬ事件が再会を招き…。

mirabooks

囚われのイヴ
アイリス・ジョハンセン
矢沢聖子 訳

死者の骨から生前の姿を蘇らせる復顔彫刻家イヴ・ダンカン。ある青年の死に秘められた真実が、新たな事件を呼びよせ…。著者の代表的シリーズ、新章開幕！

慟哭のイヴ
アイリス・ジョハンセン
矢沢聖子 訳

殺人鬼だった息子の顔を取り戻そうとする男に追われ、極寒の冬山に逃げ込んだ復顔彫刻家イヴ。満身創痍の彼女に手を差し伸べたのは、思いもよらぬ人物で…。

弔いのイヴ
アイリス・ジョハンセン
矢沢聖子 訳

殺人鬼だった息子の顔を取り戻すためイヴを拉致した男は、ついに最後の計画を開始した。決死の覚悟で挑む闘いの行方は…？　イヴ・ダンカン三部作、完結篇！

あどけない復讐
アイリス・ジョハンセン
矢沢聖子 訳

復顔彫刻家イヴ・ダンカンのもとに届いた、少女の頭蓋骨。8年前に殺された少女の無念が、闇に葬られた真実と新たな陰謀、運命の出会いを呼び寄せる…。

死線のヴィーナス
アイリス・ジョハンセン
矢沢聖子 訳

任務のためには手段を選ばない孤高のCIA局員アリサ。モロッコで起きた女学生集団誘拐事件を追い、手がかりを求め大富豪コーガンに接触を図るが…。

野生に生まれた天使
アイリス・ジョハンセン
矢沢聖子 訳

動物の声を聞ける力を持ったがため、数々の試練にさらされてきたマーガレット。平穏な日々も束の間、謎の男によって過去の傷に向き合うことになり…。

mirabooks

恋に落ちるスピードは
ローリー・フォスター
岡本　香 訳

お堅いマリーの新しい相棒は、危険な魅力あふれるセクシーガイ。24時間をともにするうち、ワイルドな風貌に隠れた、思いがけない素顔が露わになって…。

ハッピーエンドの曲がり角
ローリー・フォスター
岡本　香 訳

蒐集家の助手として働くロニーは、見知らぬ町でとびきりワイルドな彼に出会う。その正体は、品行方正だと聞いていた、24時間をともにする相棒候補で…。

胸さわぎのバケーション
ローリー・フォスター
兒嶋みなこ 訳

新たな人生を始めるため、美しい湖にたたずむリゾートの求人に応募したフェニックス。面接相手のセクシーなオーナーは、もっとも苦手とするタイプで…。

ためらいのウィークエンド
ローリー・フォスター
兒嶋みなこ 訳

息子をひとりで育てるため、湖畔のリゾートで懸命に働いてきたジョイ。ある日引っ越してきたセクシーな男性に、封印したはずの恋心が目覚めてしまい…。

午後三時のシュガータイム
ローリー・フォスター
兒嶋みなこ 訳

小さな牧場で動物たちと賑やかに暮らすオータム。恋はすっかりご無沙汰だったのに、学生時代の憧れの人が、シングルファーザーとして町に戻ってきて…。

カナリアが見る夢は
ペニー・ジョーダン
佐野　晶 訳

歌手になる夢を叶えるため、田舎から出てきたヘッティ。過酷な日々を送っていた彼女は、あるアメリカ人実業家の目に留まり、きらびやかな世界で花開いていくが…。